叶圣陶散文集

YE SHENGTAO SANWEN JI

叶圣陶　著

百花洲文艺出版社

图书在版编目（CIP）数据

叶圣陶散文集 / 叶圣陶著. -- 南昌：百花洲文艺
出版社，2023.7
ISBN 978-7-5500-5177-5

Ⅰ.①叶… Ⅱ.①叶… Ⅲ.①散文集－中国－现代
Ⅳ.①I266

中国国家版本馆CIP数据核字(2023)第098249号

叶圣陶散文集

叶圣陶 著

出 版 人　陈　波
责任编辑　陈　愉
书籍设计　师鲁贝尔
制　　作　师鲁贝尔
出版发行　百花洲文艺出版社
社　　址　南昌市红谷滩区世贸路898号博能中心Ⅰ期A座20楼
邮　　编　330038
经　　销　全国新华书店
印　　刷　三河市众誉天成印务有限公司
开　　本　710mm×930mm　1/16　　印张　16
版　　次　2023年7月第1版
印　　次　2023年7月第1次印刷
字　　数　189千字
书　　号　ISBN 978-7-5500-5177-5
定　　价　22.80元

赣版权登字 05-2023-131

邮购联系　0791-86895108
网　　址　http://www.bhzwy.com
图书若有印装错误，影响阅读，可向承印厂联系调换。

八硯樓頭中年者

白石画二蟹

目录

爬山虎的脚

夏天的雨后

读书的态度

爬山虎的脚

那些叶子绿得那么新鲜，看着非常舒服。那些叶子铺在墙上那么均匀，没有重叠起来的，也不留一点儿空隙。叶尖儿一顺儿朝下，齐齐整整的，一阵风拂过，一墙的叶子就漾起波纹，好看得很。

说书

因为我是苏州人，望道先生要我谈谈苏州的说书。我从七八岁的时候起，私塾里放了学，常常跟着父亲去"听书"。到十三岁进了学校才间断。这几年间听的"书"真不少，"小书"如《珍珠塔》《描金凤》《三笑》《文武香球》，"大书"如《三国志》《水浒》《英烈》《金台传》，都不止听一遍，最多的听到三遍四遍。但是现在差不多忘记干净了，不要说"书"里的情节，就是几个主要人物的姓名也说不齐全了。

"小书"说的是才子佳人，"大书"说的是历史故事跟江湖好汉，这是大概的区别。"小书"在表白里夹着唱词，唱的时候说书人弹着三弦；如果是双档（两个人登台），另外一个就弹琵琶或者打铜丝琴。"大书"没有唱词，完全是表白。说"大书"的那把黑纸扇比较说"小书"的更为有用，几乎是一切"道具"的代替品，诸葛亮不离手的鹅毛扇，赵子龙手里的长枪，李逵手里的板斧，胡大海手托的千斤石，都是那把黑纸扇。说"小书"的唱词据说是依"中州韵"的，实际上十之八九是方音，往往"ㄣ"

"乚"不分，"真""庚"同韵。唱的调子有两派：一派叫"马调"，一派叫"俞调"。"马调"质朴，"俞调"婉转。"马调"容易听清楚，"俞调"抑扬太多，唱得不好，把字音变了，就听不明白。"俞调"又比较是女性的，说书的如果是中年以上的人，勉强逼紧了喉咙，发出撕裂似的声音来，真叫人坐立不安，浑身肉麻。"小书"要说得细腻。《珍珠塔》里的陈翠娥见母亲势利，冷待远道来访的穷表弟方卿，私自把珍珠塔当作干点心送走了他。后来忽听得方卿来了，是个唱"道情"的穷道士打扮，要求见她。她料知其中必有蹊跷，下楼去见他呢还是不见他，踌躇再四，于是下了几级楼梯就回上去，上去了又走下几级来，这样上上下下有好多回，一回有一回的想头。这段情节在名手有好几天可以说。其时听众都异常兴奋，彼此猜测，有的说"今天陈小姐总该下楼梯了"，有的说"我看明天还得回上去呢"。

"大书"比较"小书"尤其着重表演。说书人坐在椅子上，前面是一张半桌，偶然站起来，也不很容易回旋，可是像演员上了戏台一样，交战，打擂台，都要把双方的姿态做给人家看。据内行家的意见，这些动作要做得沉着老到，一丝不乱，才是真功夫。说到这等情节自然很吃力，所以这等情节也就是"大书"的关子。譬如听《水浒》，前十天半个月就传说"明天该是景阳冈打虎了"，但是过了十天半个月，还只说到武松醉醺醺跑上冈子去。说"大书"的又有一声"咆头"，算是了不得的"力作"。那是非常之长的喊叫，舌头打着滚，声音从阔大转到尖锐，又从尖锐转到奔放，有本领的喊起来，大概占到一两分钟的时间：算是勇夫发威时候的吼声。张飞喝断灞陵桥就是这么一声"咆头"。听众听到了"咆头"，散出书场来还觉得津津有味。无论"小书"和"大书"，说起来都有"表"跟

"白"的分别。"表"是用说书人的口气叙述;"白"是说书人说书中人的话。所以"表"的部分只是说书人自己的声口,而"白"的部分必须起角色,生旦净丑,男女老少,各如书中人的身份。起角色的时候,大概贴旦丑角之类仍用苏白,正角色就得说"中州韵",那就是"苏州人说官话"了。说书并不专说书中的事,往往在可以旁生枝节的地方加入许多"穿插"。"穿插"的来源无非《笑林广记》之类,能够自出心裁的编排一两个"穿插"的当然是能手了。关于性的笑话最受听众欢迎,所以这类"穿插"差不多每回可以听到。最后的警句说了出来之后,满场听众个个哈哈大笑,一时合不拢嘴来。

书场设在茶馆里。除了苏州城里,各乡镇的茶馆也有书场。也不止苏州一地,大概整个吴方言区域全是这批说书人的说教地。直到如今还是如此。听众是士绅以及商人,以及小部分的工人农民。从前女人不上茶馆听书,现在可不同了。听书的人在书场里欣赏说书人的艺术,同时得到种种的人生经验:公子小姐的恋爱方式,吴用式的阴谋诡计,君师主义的社会观,因果报应的伦理观,江湖好汉的大块分金、大碗吃肉,超自然力的宰制人间、无法抵抗……也说不尽这许多,总之,那些人生经验是非现代的。现在,书场又设到无线电播音室里去了。听众不用上茶馆,只要旋转那"开关",就可以听到叮叮咚咚的弦索声或者海瑞、华太师等人的一声长嗽。非现代的人生经验利用了现代的利器来传播,这真是时代的讽刺。

(原载 1934 年 10 月 5 日《太白》半月刊第 1 卷第 2 期)

昆曲

　　昆曲本是吴方言区域里的产物，现今还有人在那里传习。苏州地方，曲社有好几个。退休的官僚，现任的善堂董事，从课业练习簿的堆里溜出来的学校教员，专等冬季里开栈收租的中年田主少年田主，还有诸如此类的一些人，都是那几个曲社里的社员。北平并不属于吴方言区域，可是听说也有曲社，又有私家聘请了教师学习的，在太太们，能唱几句昆曲算是一种时髦。除了这些"爱美的"唱曲家偶尔登台串演以外，职业的演唱家只有一个班子，这是唯一的班子了，就是上海"大千世界"的"仙霓社"。逢到星期日，没有什么事来逼迫，我也偶尔跑去看他们演唱，消磨一个下午。

　　演唱昆曲是厅堂里的事。地上铺一方红地毯，就算是剧中的境界；唱的时候，笛子是主要的乐器，声音当然不会怎么响，但是在一个厅堂里，也就各处听得见了。搬上旧式的戏台去，即使在一个并不宽广的戏院子里，就不及平剧那样容易叫全体观众听清。如果搬上新式的舞台去，那简直没法听，大概坐在第五六排的人就只看见演员拂袖按鬓了。我不曾做过考据功夫，不知道什么时候开始有演唱昆曲的戏院子。从一些零星的记载看来，似乎明朝时候只有绅富家里养着私家的戏班子。《桃花扇》里有陈定生一班文人向阮大铖借戏班子，要到鸡鸣埭上去吃酒，看他的《燕子笺》，也可以见得当时的戏不过是几十个人看看罢了。我十几岁的时候，苏州城外有演唱平剧的戏院子两三家，演唱昆曲的戏院子是不常有的，偶尔开设起来，开锣不久，往往因为生意清淡就停闭了。

昆曲彻头彻尾是士大夫阶级的娱乐品，宴饮的当儿，叫养着的戏班子出来演几出，自然是满写意的。而那些戏本子虽然也有幽期密约，盗劫篡夺，但是总要归结到教忠教孝，劝贞劝节，神佛有灵，人力微薄，这就除了供给娱乐以外，对于士大夫阶级也尽了相当的使命。就文词而言，据内行家说，多用词藻故实是不算希奇的，要像元曲那样亦文亦话才是本色。但是，即使像了元曲，又何尝能够句句像口语一样听进耳朵就明白？再说，昆曲的调子有非常迂缓的，一个字延长到十几拍，那就无论如何讲究辨音，讲究发声跟收声，听的人总之难以听清楚那是什么字了。所以，听昆曲先得记熟曲文；自然，能够通晓曲文里的故实跟词藻那就尤其有味。这又岂是士大夫阶级以外的人所能办到的？当初编撰戏本子的人原来不曾为大众设想，他们只就自己的天地里选一些材料，编成悲欢离合的故事，借此娱乐自己，教训同辈，或者发发牢骚。谁如果说昆曲太不顾到大众，谁就是认错了题目。

昆曲的串演，歌舞并重。舞的部分就是身体的各种动作跟姿势，唱到哪个字，眼睛应该看哪里，手应该怎样，脚应该怎样，都由老师傅传授下来，世代遵守着。动作跟姿势大概重在对称，向左方做了这么一个舞态，接下来就向右方也做这么一个舞态，意思是使台下的看客得到同等的观赏。譬如《牡丹亭》里的《游园》一出，杜丽娘小姐跟春香丫头就是一对舞伴，从闺中晓妆起，直到游罢回家止，没有一刻不是带唱带舞的，而且没有一刻不是两人互相对称的。这一点似乎比较平剧跟汉调来得高明。前年看见过一本《国剧身段谱》，详记平剧里各种角色的各种姿势，实在繁复非凡；可是我们去看平剧，就觉得演员很少有动作，如《李陵碑》里的杨老令公，直站在台上尽唱，两手插在袍甲里，偶尔伸出来挥动一下罢了。昆曲虽然注重动作跟姿势，也要演员能够体会才好，如果不知道所以然，只是死守着祖传来表演，那就跟木偶戏差不多。

昆曲跟平剧在本质上没有多大差别，然而后者比较适合于市民，而士大夫阶级已无法挽救他们的没落，昆曲恐将不免于淘汰。这跟麻将代替了围棋，豁拳代替了酒令，是同样的情形。虽然有曲社里的人在那里传习，然而可怜得很，有些人连曲文都解不通，字音都念不准，自以为风雅，实际上却是薛蟠那样的哼哼，活受罪，等到一个时会到来，他们再没有哼哼的余闲，昆曲岂不将就此"绝响"？这也没有什么可惜，昆曲原不过是士大夫阶级的娱乐品罢了。

有人说，还有大学文科里的"曲学"一门在。大学文科分门这样细，有了诗，还有词，有了词，还有曲，有了曲，还有散曲跟剧曲，有了剧曲，还有元曲研究跟传奇研究，我只有钦佩赞叹，别无话说。如果真是研究，把曲这样东西看做文学史里的一宗材料，还它个本来面目，那自然是正当的事。但是人的癖性往往会因为亲近了某种东西，生出特别的爱好心情来，以为天下之道尽在于此。这样，就离开"研究"二字不止十里八里了。我又听说某一所大学里的"曲学"一门功课，教授先生在教室里简直就教唱昆曲，教台旁边坐着笛师，笛声嘘嘘地吹起来，教授先生跟学生就一同嗳嗳嗳……地唱起来。告诉我的那位先生说这太不成话了，言下颇有点愤慨。我说，那位教授先生大概还没有知道，"仙霓社"的台柱子，有名的巾生顾传玠，因为唱昆曲没前途，从前年起丢掉本行，进某大学当学生去了。

这一回又是望道先生出的题目。真是漫谈，对于昆曲一点儿也没有说出中肯的话。

（原载 1934 年 10 月 20 日《太白》半月刊第 1 卷第 3 期）

三种船

　　一连三年没有回苏州去上坟了，今年秋天有点儿空闲，就去上一趟坟。上坟的意思无非是送一点钱给看坟的坟客，让他们知道某家的坟还没有到可以盗卖的地步罢了。上我家的坟得坐船去。苏州人上坟向来大都坐船，天气好，逃出城圈子，在清气充塞的河面上畅快地呼吸一天半天，确是非常舒服的事。这一趟我去，雇的是一条熟识的船。涂着的漆差不多剥光了，窗框歪斜，平板破裂，一副残败的样子。问起船家，果然，这条船几年没有上岸修理了。今年夏季大旱，船只好胶住在浅浅的河浜里，哪里还有什么生意，又哪里来钱上岸修理。就是往年，除了春季上坟，船也只有停在码头上迎晓风送夕阳的份儿。近年来到各乡各镇去，都有了小轮船，不然，可以坐绍兴人的"啳啳船"，也不比小轮船慢，而且价钱都很便宜。如果没有上坟这件事，苏州城里的船恐怕只能劈做柴烧了。而上坟的事大概是要衰落下去的，就像我，已经改变为三年上一趟坟了。

　　苏州城里的船叫做"快船"，与别地的船比起来，实在是并不快的。

因为不预备经过什么长江大湖，所以吃水很浅，船底阔而平。除了船头是露天以外，分做头舱中舱和艄篷三部分。头舱可以搭高，让人站直不至于碰头顶。两旁边各有两把或者三把小巧的靠背交椅，又有小巧的茶几。前檐挂着红绿的明角灯，明角灯又挂着红绿的流苏。踏脚的是广漆的平板，一般是六块，由横的直的木条承着。揭开平板，下面是船家的储藏库。中舱也铺着若干块平板，可是差不多贴着船底，所以从头舱到中舱得跨下一尺多。中舱两旁边是两排小方窗，上面的一排可以吊起来，第二排可以卸去，以便靠着船舷眺望。以前窗子都配上明瓦，或者在拼凑的明瓦中间镶这么一小方玻璃，后来玻璃来得多了，就完全用玻璃。中舱与头舱艄篷分界处都有六扇书画小屏门，上方下方装在不同的几条槽里，要开要关，只须左右推移。书画大多是金漆的，无非"寒雨连江夜入吴""月落乌啼霜满天"以及梅兰竹菊之类。中舱靠后靠右搁着长板，供客憩坐。如果过夜，只要靠后多拼一两条长板，就可以摊被褥。靠左当窗放一张小方桌，方桌旁边四张小方凳。如果在小方桌上放上圆桌面，十来个人就可以聚餐。靠后靠右的长板以及头舱的平板都是座头，小方凳摆在角落里凑数。末了儿说到艄篷，那是船家整个的天地。艄篷同头舱一样，平板以下还有地位，放着锅灶碗橱以及铺盖衣箱种种东西。揭开一块平板，船家就蹲在那里切肉煮菜。此外是摇橹人站着摇橹的地方。橹左右各一把，每把由两个人服事，一个当橹柄，一个当橹绳。船家如果有小孩，走不来的躺在困桶里，放在翘起的后艄，能够走的就让他在那里爬，拦腰一条绳拴着，系在篷柱上，以防跌到河里去。后艄的一旁露出四条棍子，一顺地斜并着，原来大概是护船的武器，后来转变成装饰品了。全船除着水的部分以外，窗门板柱都用广漆，所以没有其他船上常有的那种难受的桐油气味。广漆的东西容易擦干净，船旁边有的是水，只要船家不懒惰，船就随时可以明亮爽目。

从前，姑奶奶回娘家哩，老太太看望小姐哩，坐轿子嫌吃力，就唤一条快船坐了去。在船里坐得舒服，躺躺也不妨，又可以吃茶，吸水烟，甚至抽大烟。只是城里的河道非常脏，有人家倾弃的垃圾，有染坊里放出来的颜色水，淘米净菜洗衣服刷马桶又都在河旁边干，使河水的颜色和气味变得没有适当的字眼可以形容。有时候还浮着肚皮胀得饱饱的死猫或者死狗的尸体。到了夏天，红里子白里子黄里子的西瓜皮更是洋洋大观。苏州城里河道多，有人就说是东方的威尼斯。威尼斯像这个样子，又何足羡慕呢？这些，在姑奶奶老太太等人是不管的，只要小天地里舒服，以外尽不妨马虎，而且习惯成自然，那就连抬起手来按住鼻子的力气也不用花。城外的河道宽阔清爽得多，到附近的各乡各镇去，或逢春秋好日子游山玩景，以及干那宗法社会里的重要事项——上坟，唤一条快船去当然最为开心。船家做的菜是菜馆比不上的，特称"船菜"。正式的船菜花样繁多，菜以外还有种种点心，一顿吃不完。非正式地做几样也还是精，船家训练有素，出手总不脱船菜的风格。拆穿了说，船菜所以好就在于只准备一席，小镬小锅，做一样是一样，汤水不混和，材料不马虎，自然每样有它的真味，叫人吃完了还觉得馋涎欲滴。倘若船家进了菜馆里的大厨房，大镬炒虾，大锅煮鸡，那也一定会有坍台的时候的。话得说回来，船菜既然好，坐在船里又安舒，可以眺望，可以谈笑，玩它个夜以继日，于是快船常有求过于供的情形。那时候，游手好闲的苏州人还没有识得"不景气"的字眼，脑子里也没有类似"不景气"的想头，快船就充当了适应时地的幸运儿。

除了做船菜，船家还有一种了不得的本领，就是相骂。相骂如果只会防御，不会进攻，那不算希奇。三言两语就完，不会像藤蔓似的纠缠不休，也只能算次等角色。纯是常规的语法，不会应用修辞学上的种种变化，那就即使纠缠不休也没有什么精采。船家与人家相骂起来，对于这三层都能毫无遗憾，当行出色。船在狭窄的河道里行驶，前面有一条乡下人的柴船或者什么船冒冒失失地摇过来，看去也许会碰撞一下，船家就用相骂的口吻进攻了，"你瞎了眼睛吗？这样横冲直撞是不是去赶死？"诸如此类。对方如果有了反响，那就进展到纠缠不休的阶段，索性把摇橹撑篙的手停住了，反复再四地大骂，总之错失全在对方，所以自己的愤怒是不可遏制的。然而很少骂到动武，他们认为男人盘辫子女人扭胸脯不属于相骂的范围。这当儿，你得欣赏他们的修辞的才能。要举例子，一时可记不起来，但是在听到他们那些话语的时候，你一定会想，从没有想到话语可以这么说的，然而唯有这么说，才可以包含怨恨、刻毒、傲慢、鄙薄种种成分。编辑人生地理教科书的学者只怕没有想到吧，苏州城里的河道养成了船家相骂的本领。

他们的摇船技术是在城里的河道训练成功的，所以长处在于能小心谨慎，船与船擦身而过，彼此绝不碰撞。到了城外去，遇到逆风固然也会拉纤，遇到顺风固然也会张一扇小巧的布篷，可是比起别种船上的驾驶人来，那就不成话了。他们敢于拉纤或者张篷的时候，风一定不很大，如果真个遇到大风，他们就小心谨慎地回复你，今天去不成。譬如我去上坟必须经过石湖，虽然吴瞿安先生曾做诗说石湖"天风浪浪"什么什么以及"群山为我皆低昂"，实在是个并不怎么阔大的湖面，旁边只有一座很小的上方山，每年阴历八月十八，许多女巫都要上山去烧香的。船家一听说要过石湖就抬起头来看天，看有没有起风的意思。到进了石湖的时候，脸色不免紧张起来，说笑都停止了。听得船头略微有汩汩的声音，就轻轻地互相警戒，"浪头！浪头！"有一年我家去上坟，风在十点过后大起来，船家不好说回转去，就坚持着不过石湖。这一回难为了我们的腿，来回跑了二十里光景才上成了坟。

现在来说绍兴人的"咚咚船"。那种船上备着一面小铜锣，开船的时候就咚咚咚咚敲起来，算是信号，中途经过市镇，又咚咚咚咚敲起来，招呼乘客，因此得了这奇怪的名称。我小时候，苏州地方没有那种船。什么时候开头有的，我也说不上来。直到我到甪直去当教师，才与那种船有了缘。船停泊在城外，据传闻，是与原有的航船有过一番斗争的。航船见它来抢生意，不免设法阻止。但是"咚咚船"的船夫只知道硬干，你要阻止他们，他们就与你打。大概交过了几回手吧，航船夫知道自己不是那些绍兴人的敌手，也就只好用鄙夷的眼光看他们在水面上来去自由了。中间有没有立案呀登记呀这些手续，我可不清楚，总之那些绍兴人用腕力开辟了航线是事实。我们有一句话，"麻雀豆腐绍兴人"，意思是说有麻雀豆腐的地方也就有绍兴人，绍兴人与麻雀豆腐一样普遍于各地。试把"咚咚船"与航船比较，就可以证明绍兴人是生存斗争里的好角色，他们与麻雀豆腐一样普遍于各地，自有所以然的原因。这看了后文就知道，且让我把"咚咚船"的体制叙述一番。

"咚咚船"属于"乌篷船"的系统，方头，翘尾巴，穹形篷，横里只够两个人并排坐，所以船身特别见得长。船旁涂着绿釉，底部却涂红釉，轻载的时候，一道红色露出水面，与绿色作强烈的对照。篷纯黑色。舵或红或绿，不用，就倒插在船艄，上面歪歪斜斜标明所经乡镇的名称，大多用白色。全船的材料很粗陋，制作也将就，只要河水不至于灌进船里就成，横一条木条，竖一块木板，像破衣服上的补缀一样，那是不在乎的。我们上旁的船，总是从船头走进舱里去。上"哨哨船"可不然，我们常常踩着船边，从推开的两截穹形篷中间把身子挨进舱里去，这样见得爽快。大家既然不欢喜钻舱门，船夫有人家托运的货品就堆在那里，索性把舱门堵塞了。可是踩船边很要当心。西湖划子的活动不稳定，到过杭州的人一定有数，"哨哨船"比西湖划子大不了多少，它的活动不稳定也与西湖划子不相上下。你得迎着势，让重心落在踩着船边的那只脚上，然后另一只脚轻轻伸下去，点着舱里铺着的平板。进了舱你就得坐下来。两旁靠船边搁着又狭又薄的长板就是座位，这高出铺着的平板不过一尺光景，所以你坐下来就得耸起你的两个膝盖，如果对面也有人，那就实做"促膝"了。背心可以靠在船篷上，躯干最好不要挺直，挺直了头触着篷顶，你不免要起偏促之感。先到的人大多坐在推开的两截穹形篷的空档里，这里虽然是出入要道，时时有偏过身子让人家的麻烦，却是个优越的位置，透气，看得见沿途的景物，又可以轮流把两臂搁在船边，舒散舒散久坐的困倦。然而遇到风雨或者极冷的天气，船篷必须拉拢来，那位置也就无所谓优越，大家一律平等，埋没在含有恶浊气味的阴暗里。

"哨哨船"的船夫差不多没有四十以上的人，身体都强健，不懂得爱惜力气，一开船就拼命划。五个人分两边站在高高翘起的船艄上，每人管一把橹，一手当橹柄，一手当橹绳。那橹很长，比旁的船上的橹来得轻而薄。当推出橹柄去的时候，他们的上身也冲了出去，似乎要跌到河里去的模样。接着把橹柄挽回来，他们的身子就往后顿，仿佛要坐下来似的。五把橹在水里这样强力地划动，船身就飞快地前进了。有时在船头加一把桨，一个人背心向前坐着，把它扳动，那自然又增加了速率。只听得河水活活地向后流去，奏着轻快的调子。船夫一壁划船，一壁随口唱绍兴戏，或者互相说笑，有猥亵的性谈，有绍兴风味的幽默谐语，因此，他们就忘记了疲劳，而旅客也得到了解闷的好资料。他们又喜欢与旁的船竞赛，看见前面有一条什么船，船家摇船似乎很努力，他们中间一个人发出号令说"追过它"，其余几个人立即同意，推呀挽呀分外用力，身子一会儿冲出去，一会儿倒仰过来，好像忽然发了狂。不多时果然把前面的船追过了，他们才哈哈大笑，庆贺自己的胜利，同时回复到原先的速率。由于他们划得快，比较性急的人都欢喜坐他们的船，譬如从苏州到甪直是"四九路"（三十六里），同样地划，航船要六个钟头，"哨哨船"只要四个钟头，早两个钟头上岸，即使不想赶做什么事，身体究竟少受些拘束，何况船价同样是一百四十文，十四个铜板。（这是十五年前的价钱，现在总该增加了。）

风顺，"哨哨船"当然也张风篷。风篷是破衣服、旧挽联、干面袋等等材料拼凑起来的，形式大多近乎正方。因为船身不大，就见得篷幅特别大，有点儿不相称。篷杆竖在船头舱门的地位，是一根并不怎么粗的竹头，风越大，篷杆越弯，把袋满了风的风篷挑出在船的一边。这当儿，船的前进自然更快，听着哗哗的水声，仿佛坐了摩托船。但是胆子小点儿的人就不免惊慌，因为船的两边不平，低的一边几乎齐水面，波浪大，时时有水花从舱篷的缝里泼进来。如果坐在低的一边，身体被动地向后靠着，谁也会想到船一翻自己就最先落水。坐在高的一边更得费力气，要把两条腿伸直，两只脚踩紧在平板上，才不至于脱离座位，跌扑到对面的人的身上去。有时候风从横里来，他们也张风篷，一会儿篷在左边，一会儿调到

右边，让船在河面上尽画曲线。于是船的两边轮流地一高一低，旅客就好比在那里坐幼稚园里的跷跷板，"这生活可难受"，有些人这样暗自叫苦。然而"哨哨船"很少失事，风势真个不对，那些船夫还有硬干的办法。有一回我到甪直去，风很大，饱满的风篷几乎蘸着水面，虽然天气不好，因为船行非常快，旅客都觉得高兴，后来进了吴淞江，那里江面很阔，船沿着"上风头"的一边前进。忽然呼呼地吹来更猛烈的几阵风，风篷着了湿重又离开水面。旅客连"哎哟"都喊不出来，只把两只手紧紧地支撑着舱篷或者坐身的木板。扑通，扑通，三四个船夫跳到水里去了。他们一齐扳住船的高起的一边，待留在船上的船夫把风篷落下来，他们才水淋淋地爬上船艄，湿了的衣服也不脱，拿起槽来就拼命地划。

　　说到航船，凡是摇船的跟坐船的差不多都有一种哲学，就是"反正总是一个到"主义。反正总是一个到，要紧做什么？到了也没有烧到眉毛上来的事，慢点儿也呒啥。所以，船夫大多衔着一根一尺多长的烟管，闭上眼睛，偶尔想到才吸一口，一管吸完了，慢吞吞捻了烟丝装上去，再吸第二管。正同"哨哨船"相反，他们中间很少四十以下的人。烟吸畅了，才起来理一理篷索，泡一壶公众的茶。可不要当做就要开船了，他们还得坐下来谈闲天。直到专门给人家送信带东西的"担子"回了船，那才有点儿希望。好在坐船的客人也不要不紧，隔十多分钟二三十分钟来一个两个，下了船重又上岸，买点心哩，吃一开茶哩，又是十分或一刻。有些人买了烧酒豆腐干花生米来，预备一路独酌。有些人并没有买什么，可是带了一张源源不绝的嘴，还没有坐定就乱攀谈，挑选相当的对手。在他们，迟些儿到实在不算一回事，就是不到又何妨。坐惯了轮船火车的人去坐航船，先得做一番养性的功夫，不然，这种阴阳怪气的旅行，至少会有三天的闷闷不乐。

航船比"哨哨船"大得多，船身开阔，舱作方形，木制，不像"哨哨船"那样只用芦席。艄篷也宽大，雨落太阳晒，船夫都得到遮掩。头舱中舱是旅客的区域。头舱要盘膝而坐。中舱横搁着一条条长板，坐在板上，小腿可以垂直。但是中舱有的时候要装货，豆饼菜油之类装满在长板下面，旅客也只得搁起了腿坐了。窗是一块块的板，要开就得卸去，不卸就得关上。通常两旁各开一扇，所以坐在舱里那种气味未免有点儿难受。坐得无聊，如果回转头去看艄篷里那几个老头子摇船，就会觉得自己的无聊才真是无聊。他们的一推一挽距离很小，仿佛全然不用力气，两只眼睛茫然望着岸边，这样地过了不知多少年月，把踏脚的板都踏出脚印来了，可是他们似乎没有什么无聊，每天还是走那老路，连一棵草一块石头都熟识了的路。两相比较，坐一趟船慢一点儿闷一点儿又算得什么。坐航船要快，只有巴望顺风。篷杆竖在头舱与中舱之间，一根又粗又长的木头。风篷极大，直拉到杆顶，有许多竹头横撑着，吃了风，巍然地推进，很有点儿气派。风最大的日子，苏州到用直三点半钟就吹到了。但是旅客究竟是"反正总是一个到"主义者，虽然嘴里嚷着"今天难得"，另一方面却似乎嫌风太大船太快了，跨上岸去，脸上不免带点儿怅然的神色。遇到顶头逆风航船就停班，不像"哨哨船"那样无论如何总得用人力去拼。客人走到码头上，看见孤零零的一条船停在那里，半个人影儿也没有，知道是停班，就若无其事地回转身。风总有停的日子，那么航船总有开的日子。忙于寄信的我可不能这样安静，每逢校工把发出的信退回来，说今天航船不开，就得担受整天的不舒服。

1934 年 12 月 20 日

（原载《太白》1 卷 7 号，署名叶圣陶）

天井里的种植

　　搬到上海来十多年，一直住的弄堂房子。弄堂房子，内地人也许不明白是什么式样。那是各所一律的：前墙通连，隔墙公用；若干所房子成为一排；前后两排间的通路就叫做"弄堂"；若干条弄堂合起来总称什么里什么坊，表示那是某一个房主的房产。每一所房子开门进去是个小天井。天井，也许又有人不明白是什么。天井就是庭院；弄堂房子的庭院可真浅，只须三四步就跨过了，横里等于一所房子的阔，也不过五六步光景，如果从空中望下来，一定会觉得那个"井"字怪适当的。天井跨进去就是正间。正间背后横生着扶梯，通到楼上的正间以及后面的亭子间。因为房子并不宽，横生的扶梯够不到楼上的正间，碰到墙，拐弯向前去，又是四五级，那才是楼板。到亭子间可不用跨这四五级，所以亭子间比楼正间低。亭子间的下层是灶间；上层是晒台，从楼正间另一旁的扶梯走上去。近年来常常在文人笔下出现的亭子间就是这么局促闷损的居室。然而弄堂房子的结构确乎值得佩服；俗语说，"麻雀虽小，五脏俱全"，弄堂房子就合着这样经济的条件。

住弄堂房子，非但栽不成深林丛树，就是几棵花草也没法种，因为天井里完全铺着水门汀。你要看花草只有种在花盆里。盆里的泥往往是反复地种过了几种东西的，一些养料早被用完，又没处去取肥美的泥土来加入；所以长出叶子来开出花朵来大都瘦小可怜。有些人家嫌自己动手麻烦，又正有余多的钱足以对付小小的奢侈的开支，就与花园约定，每个月送两回或者三回盆景来。这样，家里就长年有及时的花草，过了时的自有花匠带回去，真是毫不费事。然而这等人家的趣味大都在于不缺少照例应有的点缀，自己的生活跟花草的生活却并没有多大干系；只要看花匠带回去的，不是干枯了的叶子，就是折断了的枝干，可见我这话没有冤枉了他们。再有些人家从小菜场买一些折枝截茎的花草，拿回来就插在花瓶里，不像日本人那样讲究什么"花道"，插成"乱柴把"或者"喜鹊窠"都不在乎；直到枯萎了，拔起来向垃圾桶一扔，就此完事。这除了"我家也有一点儿花草"以外，实在很少意味。

我们乐于亲近植物，趣味并不完全在看花。一条枝条伸出来，一张叶子展开来，你如果耐着性儿看，随时有新的色泽跟姿态勾引你的欢喜。到了秋天冬天，吹来几阵西风北风，树叶毫不留恋地掉将下来；这似乎最乏味了。然而你留心看时，就会发现枝条上旧时生着叶柄的处所，有很细小的一粒透露出来，那就是来春新枝条的萌芽。春天的到来是可以预计的，所以你对着没有叶子的枝条也不至于感到寂寞，你有来春看新绿的希望。这固然不值一班珍赏家的一笑，在他们，树一定要搜求佳种，花一定要能够入谱，寻常的种类跟谱外的货色就不屑一看；但是，果真能从花草方面得到真实的享受，做一个非珍赏家的"外行"又有什么关系。然而买一点折枝截茎的花草来插在花瓶里，那是无法得到这种享受的；叫花匠每个月送几回盆景来也不行，因为时间太短促，你不能读遍一种植物的生活史；自己动手弄盆栽当然比较好，可是植物入了盆犹如鸟进了笼，无论如何总显得拘束，滞钝，跟原来不一样。推究到底，只有把植物种在泥地里最好。可是哪来泥地呢？弄堂房子的天井里有的是坚硬的水门汀！

把水门汀去掉；我时时这样想，并且告诉别人。关切我的人就提出了驳议。有两说：又不是自己的房产，给点缀花木犯不着，这是一说；谁知道这所房子住多少日子，何必种了花木让别人看，这是又一说。前者着眼在经济；后者只怕徒劳而得不到报酬。这种见识虽然不能叫我信服，可是究属好意；我对他们都致了谢。然而也并没有立刻动手。直到三年前的冬季，才真个把天井里的水门汀的两边凿去，只留当中一道，作为通路。水门汀下面满是砖砾，烦一个工人用了独轮车替我运出去。他就从不很近的田野里载回来泥土，倒在凿开的地方。来回四五趟，泥土与留着的水门汀平了。于是我买一些植物来种下，计蔷薇两棵，紫藤两棵，红梅一棵，芍药根一个。蔷薇跟紫藤都落了叶，但是生着叶柄的处所，萌芽的小粒已经透出来了；红梅满缀着花蕾，有几个已经展开了一两瓣；芍药根生着嫩红的新芽，像一个个笔尖，尤其可爱。我希望它们发育得壮健些，特地从江湾买来一片豆饼，融化了，分配在各棵的根旁边；又听说芍药更需要肥料，先在安根处所的下边埋了一条猪的大肠。

不到两个月，"一·二八"战役起来了。停战以后，我回去捡残余的东西。天井完全给碎砖断板掩没了。只红梅的几条枝条伸出来，还留着几个干枯的花萼；新叶全不见，大概是没命了。当时心里充满着种种的忿恨，一瞥过后，就不再想到花呀草呀的事。后来回想起来，才觉得这回的种植真是多此一举。既没有点缀人家的房产，也没有让别人看到什么，除了那棵红梅总算看见它半开以外，一点儿效果都没有得到，这才是确切的"犯不着"。然而当初提出驳议的人并不曾想到这一层。

去年秋季，我又搬家了。经朋友指点，来看这所房子，才进里门，我就中了意，因为每所房子的天井都留着泥地，再不用你费事，只一条过路涂的水门汀。搬了进来之后，我就打算种点儿东西。一个卖花的由朋友介绍过来了。我说要一棵垂柳，大约齐楼上的栏干那么高。他说有，下礼拜早上送来。到了那礼拜天，一家人似乎有一位客人将要到来，都起得很早。但是，报纸送来了，到小菜场去买菜的回来了，垂柳却没有消息。那卖花的"放生"了吧，不免感到失望。忽然，"树来了！树来了！"在弄堂里赛跑的孩子叫将起来。三个人扛着一棵绿叶蓬蓬的树，到门首停下；不待竖直，就认知这是柳树而并不是垂柳。为什么不送一棵垂柳来呢？种活来得难哩，价钱贵得多哩，他们说出好些理由。不垂又有什么关系，具有生意跟韵致是一样的。就叫他们给我种在门侧；正是齐楼上的栏干那么高。问多少价钱，两块四，我照给了，人家都说太贵。若在乡下，这样一棵柳树值不到两毛钱。我可不这么想。三个人的劳力，从江湾跑了十多里路来到我这里，并且带来一棵绿叶蓬蓬的柳树，还不值这点儿钱吗？就是普通的商品，譬如四毛钱买一双袜子，一块钱买三罐香烟，如果撇开了资本吸收利润这一点来说，付出的代价跟取得的享受总有些抵不过似的，因为每样物品都是最可贵的劳力的化身，而付出的代价怎样来的，未必每个人没有问题。

柳树离开了土地一些时，种下去过了三四天，叶子转黄，都软软地倒垂了；但枝条还是绿的。半个月后就是小春天气，接连十几天的暖和，枝条上透出许多嫩芽来；这尤其叫人放心。现在吹过了几阵西风，节令已交小寒，这些嫩芽枯萎了。然而清明时节必将有一树新绿是无疑的。到了夏天，繁密的柳叶正好代替凉棚，遮护这小小的天井：那又合于家庭经济原理了。

柳树以外我又在天井里种了一棵夹竹桃，一棵绿梅，一条紫藤，一丛蔷薇，一个芍药根，以及叫不出名字来的两棵灌木；又有一棵小刺柏，是从前住在这里的人家留下来的。天井小，而我偏贪多；这几种东西长大起来，必然彼此都不舒服。我说笑话，我安排下一个"物竞"的场所，任它们去争取"天择"吧。那棵绿梅花蕾很多，明后天有两三朵要开了。

（原载 1935 年 2 月 1 日《中学生》第 52 号）

骑马

我小时候，苏州地方还没有人力车，代步的是轿子和船。一些墙门人家的女眷，即便要去的地方就在本城，出门总要依靠这两种交通工具。男人呢，为了比较体面的庆吊应酬，出门大都坐轿子，往城外乡间去上坟访友，大都坐船，平时出门，好在至多不过三四条巷，那就走走罢了。

那时候已经通行了脚踏车，可是很少见。骑脚踏车的无非是教会里的外国人，以及到过上海得风气之先的时髦小伙子。偶然看见一个人骑着脚踏车在铺着小石块的路上经过，抖抖抖抖的似乎要把浑身的骨节都震得发瘘，在几乎肩贴肩走着的两个人中间，只这么一闪就擦过去了：这使大家感到新奇，不免停了脚步回过头去望那好像只有一片的背影。

与脚踏车一样需要自己驾驭的，还有驴子和马。可是骑驴子和马，意义不纯在代步，把它当作玩意儿的居多。骑了驴子往玄妙观去吧，骑了马往虎丘去吧，并不为玄妙观和虎丘路远走不动，却在于借此题目尝一尝控纵驰骋的快乐。

一般人对于驴子和马，用两样的眼光来看待。驴子，那长耳朵的灰黑色的畜生，饲养它的只是藉此为生的驴夫，一匹驴子又不值几个钱，所以大家不把它看作奢侈品。无论是谁，骑骑驴子，还不至于惹人非议。马，那昂然不群的畜生，可不同了，虽然多数的马也由马夫饲养，但是很有几个浮华的少爷名门的败家子也养着马，所以大家都把马看作要不得的奢侈品。谁如果骑着马在路上经过，有些相识的人就不免窃窃私议，某人堕落了，他竟骑起马来了。这种想法，在别的事例上也常常可见。从前我们地方一些规矩人都不爱穿广东的拷绸，因为拷绸是所谓"流氓"之类惯用的衣料。马既是浮华的少爷名门的败家子的玩意儿，规矩的有教养的人当然不应该骑：这好像是很周密的推理。

　　当时我们一班中学生可没有顾到这一层，一时高兴，竟兴起了骑马的风尚。原由是有一个同学在陆军小学呆过一年，他会骑马，把骑马的趣味说得天花乱坠，大家听得痒痒的，都想亲自试一试。刚好学校近旁有一片兵营里的校场，校场东边是一条宽阔的道路，两旁栽着柳树，正是试马的好所在。马夫养马的草棚又正在校场的西北角，花一角钱，就可以去牵一匹出来，骑它一个钟头。于是你也去试骑，我也去试骑，最盛的时候竟有二十多人同时玩这宗新鲜玩意儿。

　　现在马背上大都用西式皮鞍子了，从前却用木鞍子。十三四岁的人，站在平地，头顶就高出木鞍子不多，要用两手按着鞍子，左脚踏在踏镫里，让身子顺势一耸跨上马背，这是一连串并不容易的动作。马好像知道骑马的人本领的高低似的，生手跨上去，它就歪着头只是将身子旋转，这又是很难制服的。这当儿，马夫和朋友的帮助自属必要了，拉缰绳的拉缰绳，托身子的托身子，一阵子的乱嚷嚷，生手居然坐上了鞍子。于是把缰绳接在手里，另一只手按着鞍子，再也不敢放松。那畜生如果是比较驯良的，以为一切都已停当，肯规规矩矩走这么几步，初学的人就心花怒放了。

但是这样按着鞍子骑马叫做"请判官头"，是最不漂亮的姿势。多骑了几回，自然想把手放松，不再去"请"那"判官头"。同时拉缰绳的一只手也要学着去测验马的"口劲"，试探马的脾气，准备在放松一点儿或是扣紧一点儿的几微之间，操纵胯下的畜生。

通常以为骑马就是让屁股服服贴贴坐在鞍子上。其实不然，得在大腿里侧用劲，把马背夹住，屁股部分却是脱空的。如果不用腿劲，在马"跑开"的时候不免要倒翻下来，两只脚虽然踏在踏镫里，也没有多大用处。这腿劲自然要从锻炼得来。我骑了好几回马，腿劲未见增强多少，可是站到地上，坐到椅子上，只觉得两条腿和腰部都是僵僵的了。

让马走慢步，称为"骑老爷马"，最没有趣味。那是一步一拍的步调，马头一颠一颠的，与婚丧的仪仗中执事人员所骑的马一样。我们都不爱"骑老爷马"，至少得叫它"小走"。"小走"是较为急促的步调，说得过甚些，前后左右四个蹄几乎同时离地，也几乎同时着地。各匹马的脾气不同，有的须把缰绳放松，有的却须扣紧；有的须略一放松随即扣紧，有的却须向上一提，让它的头偏左或是偏右一点儿；只要摸着它的脾气，它就会了意，开始"小走"了。好的马四条腿虽然在急速的运动，身子可绝不转侧，总是很平稳的前进。骑到这样的马是一种愉快，挺着身躯，平稳的急速的向前，耳朵旁边响着飕飕的风，柳树的枝条拂着头顶和肩膀，于是仿佛觉得跑进了古人什么诗句的境界中了。

至于"跑开"，那又是另一种步调：前面两个蹄同时着地，随即后面两个蹄离地移前，同时着地，接着前面两个蹄又同时跨出去了。这里所谓着地实在并不"着"，只能说是非常轻快的在地上"点"一下。在前面两个蹄点地和后面两个蹄点地之间，时间是极其短促的。这当儿，马身一高一低，约略成一条曲线前进。骑马的人一高一低的飞一般的向前，当然爽快不过，有凌云腾空的气概。但是腿劲如果差点儿，这种爽快很难尝试，尝试的时候不免要吃亏。

有一回，我就这样从马上摔了下来。那一天，我跟在那个进过陆军小学的同学的后面，在我背后还有好几匹马。起初是"小走"，忽然前面的那个同学把缰绳一扣，他的马开始"跑开"了。我的马立即也换了步调。我没有提防，大概马跑了两三步，我就往左侧里倒翻下来。后面的几匹马怎么一脚也不曾踩着我，我至今还不明白。当时如果有一个马蹄踩着我的脑壳或是胸膛，我的生命早在中学二年级时候结束了。

我摔了下来就不省人事，醒来的时候，很觉得奇怪，我是通学生，怎么睡在寄宿舍里的一张床上！又好像时间很晚了，已经吃过晚饭。其实还是上午十一点过后，我只昏迷了一点钟多一点儿。想了一会，才把刚才的事想起来。坐起来试试，虽然没有什么痛苦，只觉得浑身软软的，像病后起身的光景。我赶紧跑回家，像平时一样吃午饭，绝不提摔跤的事——在外面骑马，我从来不曾在父母面前提起过。直到前几年，儿子在外面试着骑马，回来谈他的新经验，我才把那回摔跤的事说出来。母亲听了，微皱着眉头说："你不回来说，我们在家里哪里知道。这种危险的事，还是不要去试的好。"她现在为孙儿担心了。

当时我们骑马，现在想起来，在教师该是桩讨厌的事儿。那时候学校比较放任，校长是一个自以为维新的人物，虽然不曾明白提倡骑马，对于其他运动却颇着力鼓励。七八匹马在学校墙外跑过，铃声蹄声闹成一片，他不会绝不知道。他为什么不禁止呢？大概以为这也是一项运动，不妨任学生去练习吧。但是多数教师却受累了。他们有一般人的偏见，以为骑马是不端的行为，眼睁睁的看学生骑着马在旁边跑过，总似乎有失体统。于是有故意低着头走过去，假作不知道马背上是什么人似的，也有远远望见学生的马队在前面跑来，立刻回身，或者转向从别一条路走去的。他们一定在怨恨学生，为什么不肯体谅教师，离开学校远一点儿去练习你们的骑术呢！

（原载 1937 年 6 月 25 日《新少年》第 3 卷 12 期，署名圣陶）

以画为喻

　　咱们画图，有时候为的实用。编撰关于动物植物的书籍，要让读者明白动物植物外面的形态跟内部的构造，就得画种种动物植物的图。修建一所房屋或者布置一个花园，要让住在别地的朋友知道房屋花园是怎么个光景，就得画关于这所房屋这个花园的图。这类的图，绘画动机都在实用。读者看了，明白了，住在别地的朋友看了，知道了，就完成了它的功能。

　　这类的图绝不能随便乱画。首先要把画的东西看得明白，认得确切。譬如画猫吧，它的耳朵怎样，它的眼睛怎么样。你如果没有看得明白，认得确切，怎么能下手？随便画上猪的耳朵，马的眼睛，那是个怪东西，绝不是猫；人家看了那怪东西的图，绝不能明白猫是怎样的动物。所以，要画猫就得先认清猫。其次，画图得先练成熟习的手腕，心里想画猫，手上就得画成一只猫。像猫这种动物，咱们中间谁还没有认清，可是咱们不能人人都画得成一只猫；画不成的原因，就在于熟习的手腕没有练成。明知道猫的耳朵是怎样的，眼睛是怎样的，可是手不应心，画出来的跟知道的不相一致，这就成猪的耳朵马的眼睛，或者什么也不像了。所以，要画猫又得练成从心所欲的手段。

咱们画图，有时候并不为实用。看见一个老头儿，觉得他的躯干，他的面部的器官，他的蓬松的头发跟胡子，线条都非常之美，配合起来，是一个美的和谐，咱们要把那美的和谐表现出来，就动手画那个老头儿的像。走到一处地方，看见三棵老柏树，那高高向上的气派，那倔强矫健的姿态，那苍然蔼然的颜色，都仿佛是超然不群的人格的象征，咱们要把这一点感兴表现出来，就动手画那三棵老柏树的图。这类的图，绘画的动机不为实用，可以说无所为。但也可以说有所为，为的是表出咱们所见到的一点东西，从老头儿跟三棵老柏树所见到的一点东西——"美的和谐""仿佛是超然不群的人格的象征"。

这类的图也不能随便乱画。第一，见到须是真切的见到。人家说那个老头儿很美，你自己不以画为喻加辨认，也就跟着说那个老头儿很美，这就不是真切的见到。人家都画柏树，以为柏树的挺拔之概值得画，你就跟着画柏树，以为柏树的挺拔之概值得画，这就不是真切的见到。见到不真切，实际就是无所见；无所见可是还要画，结果只画了个老头儿，画不出那"美的和谐"来；只画了三棵老柏树，画不出那"仿佛是超然不群的人格的象征"来。必须要把整个的心跟事物相对，又把整个的心深入事物之中，不仅认识它的表面，并且透达它的精蕴，才能够真切地见到些什么。有了这种真切的见到，咱们的图才有了根本，才真个值得动起手来。第二，咱们的图既以咱们所见到的一点东西为根本，就跟前一类的图有了不同之处；前一类的图只需见什么画什么，画得准确就算尽了能事；这一类的图要表现出咱们所见到的一点东西，就得以此为中心，对材料加一番选

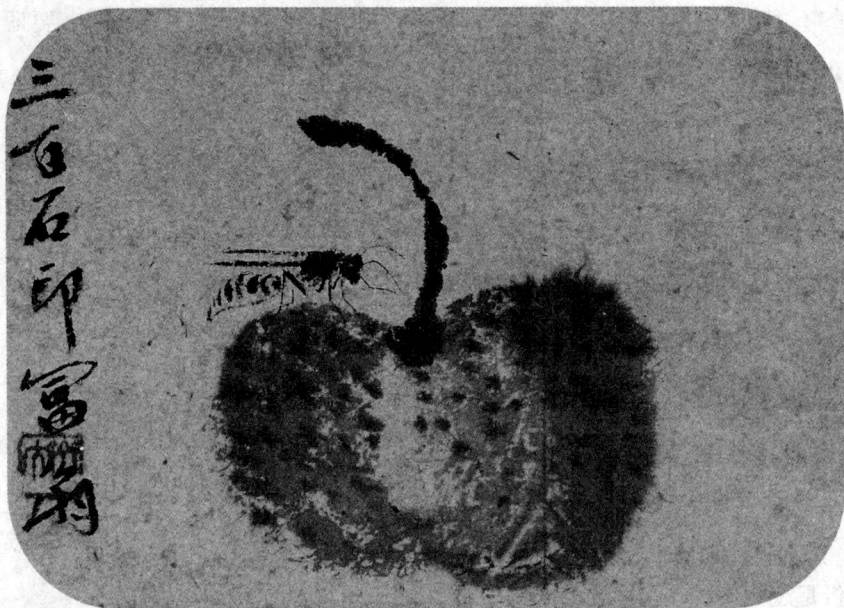

择取舍的功夫；这种功夫如果做得不到家，那么虽然确有见到，也还不成一幅好图。那老头儿一把胡子，工细地画来，不如粗粗的几笔来得好；那三棵老柏树交结着的丫枝，照样地画来，不如删去了来得好；这样的考虑就是所谓选择取舍的功夫。做这种功夫有个标准，标准就是咱们所见到的一点东西。跟这一点东西没有关系的，完全不要；足以表出这一点东西的，不容放弃；有时为了要增加表出的效果，还得以意创造，而这种功夫的到家不到家，关系于所见的真切不真切；所见越真切，选择取舍越有把握；有时几乎可以到不须思索的境界。第三，跟前边说的一样，得练成熟习的手腕。所见在心，表出在手腕，手腕不熟习，根本就画不成图，更不用说好图。这个很明白，无须多说。

以上两类图，次序有先后，程度有浅深。如果画一件东西不会画得像，画得准确，怎么能在一幅画中表出咱们所见到的一点东西？必须能画前一类图，才可以画后一类图。这就是次序有先后。前一类图只凭外界的事物，认得清楚，手腕又熟，就成。后一类图也凭外界的事物，根本却是咱们内心之所见；凭这一点，它才成为艺术。这就是程度有浅深。这两类图咱们都要画，看动机如何而定。咱们要记载物象，就画前一类图；咱们要表出感兴，就画后一类图。

我的题目"以画为喻"，就是借图画的情形，来比喻文字。前一类图好比普通文字，后一类图好比文艺。普通文字跟文艺，咱们都要写，看动机如何而定。为应付实际需要，咱们得写普通文字；如果咱们有感兴，有真切的见到，就得写文艺。普通文字跟文艺次序有先后，程度有浅深。写不来普通文字的人绝写不成文艺；文艺跟普通文字原来是同类的东西，不过多了咱们内心之所见。至于熟习的手腕，两方面同样重要；手腕不熟，普通文字跟文艺都写不好。手腕要怎样才算熟？要让手跟心相应，自由驱遣语言文字，想写个什么，笔下就写得出个什么，这才算是熟。我的话即此为止。

（原载《西川集》，文光书店，1945 年 1 月，有修改）

牛

　　在乡下住的几年里，天天看见牛。可是直到现在还像显现在眼前的，只有牛的大眼睛。冬天，牛拴在门口晒太阳。它躺着，嘴不停地蹉磨，眼睛就似乎比忙的时候睁得更大。牛眼睛好像白的成分多，那是惨白。我说它惨白，也许为了上面网着一条条血丝。我以为这两种颜色配合在一起，只能用死者的寂静配合着吊丧者的哭声那样的情景来相模拟。牛的眼睛太大，又鼓得太高，简直到了使你害怕的程度。我进院子的时候经过牛身旁，总注意到牛鼓着的两只大眼睛在瞪着我。我禁不住想，它这样瞪着，瞪着，会猛地站起身朝我撞过来。我确实感到那眼光里含着恨。我也体会出它为什么这样瞪着我，总距离它远远地绕过去。有时候我留心看它将会有什么举动，可是只见它呆呆地瞪着，我觉得那眼睛里似乎还有别的使人看了不自在的意味。

　　我们院子里有好些小孩，活泼，天真，当然也顽皮。春天，他们捕蝴蝶。夏天，他们钓青蛙。谷子成熟的时候到处都有油蚱蜢，他们捉了来，在灶堂里煨了吃。冬天，什么小生物全不见了，他们就玩牛。

有好几回，我见牛让他们惹得发了脾气。它绕着拴住它的木桩子，一圈儿一圈儿地转。低着头，斜起角，眼睛打角底下瞪出来，就好像这一撞要把整个天地翻个身似的。

孩子们是这样玩的：他们一个个远远地站着，捡些石子朝牛扔去。起先，石子不怎么大，扔在牛身上，那一搭皮肤马上轻轻地抖一下，像我们的嘴角动一下似的。渐渐地，捡来的石子大起来了，扔到身上牛会掉过头来瞪着你。要是有个孩子特别胆大，特别机灵，他会到竹园里找来一根毛竹，伸得远远地去撩牛的尾巴，戳牛的屁股，把牛惹起火来。可是，我从未见过他们撩起牛的头。我想，即使是小孩，也从那双大眼睛看出使人不自在的意味了。

玩到最后，牛站起来了，于是孩子们轰的一声，四处跑散。这种把戏，我看得很熟很熟了。

有一回，正巧一个长工打院子里出来，他三十光景了，还像孩子似的爱闹着玩。他一把捉住个孩子，"莫跑，"他说，"见了牛都要跑，改天还想吃庄稼饭？"他朝我笑笑说："真的，牛不消怕得。你看它有那么大吗？它不会撞人的。牛的眼睛有点不同。"

以下是长工告诉我的话。

"比方说，我们看见这根木头桩子，牛眼睛看来就像一根撑天柱。比方说，一块田十多亩，牛眼睛看来就没有边，没有沿。牛眼睛看出来的东西，都比原来大，大许多许多。看我们人，就有四金刚那么高，那么大。站到我们跟前它就害怕了，它不敢倔强，随便拿它怎么样都不敢倔强。它当我们只要两个指头就能捻死它，抬一抬脚趾拇就能踢它到半天云里，我们哈气就像下雨一样。那它就只有听我们使唤，天好，落雨，生田，熟田，我们要耕，它就只有耕，没的话说的。你先生说对不对，幸好牛有那么一双眼睛。不然的话，还让你使唤啊，那么大的一个，力气又蛮，踩到一脚就要痛上好几天。对了，我们跟牛，五个抵一个都抵不住。好在牛眼睛看出来，我们一个抵它十几个。"

以后，我进出院子的时候，总特意留心看牛的眼睛，我明白了另一种使人看着不自在的意味。那黄色的混浊的瞳仁，那老是直视前方的眼光，都带着恐惧的神情，这使眼睛里的恨转成了哀怨。站在牛的立场上说，如果能去掉这双眼睛，成了瞎子也值得，因为得到自由了。

1946 年 12 月

三棵银杏树

　　我家屋后有一片空地，十丈见方的开阔，前边、右边沿着河，左边是人家的墙。三棵银杏树站在那里。一棵靠着右边，把影子投到河里。两棵在中央，并着肩，手牵着手似的，像两个亲密的朋友。

　　三棵银杏树多少年纪了，没有人能够知道。我父亲说，他小时候，树就有这么高大了，经过了三十年的岁月，似乎还是这么高大。

　　三棵树的正干都很直；枝干也是直的多，偶然有几支屈曲得很古怪，像画幅上画的。每年冬天，赤裸的枝干上生出无数的小粒。这些小粒渐渐长大，最后像牛、羊的奶头。

　　到了春天，绿叶从奶头似的部分伸展出来。我们欢喜地说道："银杏树又穿上新衣裳了！"空地上有了这广大的绿荫，正是游戏的好场所；我们便在那里赛跑，唱歌，扮演狩猎的戏剧。经过的船只往往在右边那一棵的树荫下停泊，摇船的趁此吸一管烟或者煮一锅饭，这时候，一缕缕烟便袅起来了。

银杏树的花太小了，很容易被人忽略。去年秋天，我一壁拾银杏果，一壁问父亲道："为什么银杏树不开花的？"父亲笑着说："不开花哪里来的果？待来春留心看吧。"今年春天，我看见了银杏的花了，那是很可爱的、白里带点儿淡黄的小花。

说起银杏果，不由得想起街头"烫手炉，热白果"的叫卖声来。白果是银杏的核，炒过一下，剥了壳，去了衣，便是绿玉一般的一颗仁，虽然并不甜，却有一种特别的清味。这东西我们都欢喜吃。

秋风阵阵地吹，折扇形的黄叶落得满地。风把地上的黄叶吹起来；我们拍手叫道："一群黄蝴蝶飞起来了！"待黄叶落尽，三棵老树又赤裸了。屈曲得很古怪的枝干上偶然有一两只鹰停在那里，好久好久不动一动，衬着天空的背景，正像一幅古画。

（原载《旅行家》1956 年第 11 期）

爬山虎的脚

学校操场北边墙上满是爬山虎。我家也有爬山虎，从小院的西墙爬上去，在房顶上占了一大片地方。

爬山虎刚长出来的叶子是嫩红色。不几天叶子长大，就变成嫩绿色。爬山虎在十月以前老是长茎长叶子。新叶子很小，嫩红色不几天就变绿，不大引人注意。引人注意的是长大的叶子。那些叶子绿得那么新鲜，看着非常舒服。那些叶子铺在墙上那么均匀，没有重叠起来的，也不留一点儿空隙。叶尖儿一顺儿朝下，齐齐整整的，一阵风拂过，一墙的叶子就漾起波纹，好看得很。

以前我只知道这种植物叫爬山虎，可不知道它怎么能爬。今年我注意了，原来爬山虎是有脚的。植物学上大概有另外的名字。动物才有脚，植物怎么会长脚呢？可是用处跟脚一个样，管它叫脚想也无妨。

爬山虎的脚长在茎上。茎上长叶柄儿的地方，反面伸出枝状的六七根细丝，每根细丝头上长个小圆球儿。细丝和小圆球儿跟新叶子一样，也是嫩红色。这就是爬山虎的脚。

　　爬山虎的脚触着墙的时候，小圆球就成了一个小吸盘。六七个圆圆的小吸盘就巴住了墙，枝状的细丝原先是直的，现在弯曲了，把爬山虎的嫩茎拉一把，使它紧贴在墙上。爬山虎就这样一脚一脚地往上爬。如果你仔细看那些细小的脚，你会想起图画上蛟龙的爪子。

　　爬山虎的脚要是没触着墙，不几天就萎了，后来连痕迹也没有了。触着墙的，细丝和小吸盘逐渐变成灰色。不要瞧不起那些灰色的脚，那些脚巴在墙上相当牢固，要是你的手指不费一点儿劲儿，休想拉下爬山虎的一根茎。

　　　　　　　　　　　　　　　　　　　　　1956 年 10 月 13 日作

三棵老银杏

　　舅妈带表哥进城，要在我家住三天。今天早晨，我跟表哥聊天，谈起我想作诗，谈起我认为可以作诗的材料。我说："要是问我什么叫诗，我一点儿也说不上来。可是我要试作诗。作成以后，看它像诗不像诗。"

　　表哥高兴地说："你也这么想，真是不约而同。这几天我也在想呢。诗不一定要诗人作，咱们学生也不妨试作。不懂得什么叫诗，没关系，作几回就懂得了。我已经动手作了，还没完成，只作了四行。要不要念给你听听？"

　　我说："我要听，你念吧。"表哥就念了：

　　　　村子里三棵老银杏，
　　　　年纪比我爷爷的爷爷还大。
　　　　我没见过爷爷的爷爷，
　　　　只看见老银杏年年发新芽。

我问："你说的是娘娘庙里的那三棵？"

表哥说："除了那三棵，还有哪三棵？"

我问："年纪比外公的爷爷还大，多大岁数呢？"

表哥说："我也说不清楚。只听我爷爷说，他爷爷小时候，那三棵银杏已经是大树了，他爷爷还常常跟小朋友拿叶子当小扇子玩呢。"

我问："那三棵老银杏怎么样？你的诗预备怎么样作下去呢？"

表哥说："还没想停当呢，不妨给你说一说大意。我的诗不光是说那三棵老银杏。"

我问："还要说些什么呢？

表哥说："我们村子里种了千把棵小树，你是看见了的，村子四周围，家家的门前和院子里，差不多全种遍了。那些小树长得真快，去年清明节前后种的，到现在才十几个月，都高过房檐七八尺了。再过三四年，我们那村子会成什么景象，想也想得出。除了深秋和冬天，整个村子就是个密密丛丛的树林子，房子全藏在里头。晴朗的日子，村子里随时随地都有树荫，就是射下来的阳光，也像带点儿绿色似的，叫人感觉舒畅。"我想着些什么，正要开口，表哥拍拍我的肩膀，抢着说："不光是我们那村子，别的村子也像我们村子一样，去年都种了许多树呢。你想想看，三四年以后，人在道上走，只见近处远处，这边那边，一个个全是密密丛丛的树林子，怎么认得清哪个是哪村？"

我说："尽管一个个村子都成树林子，我一望就能认出你们集庆村，保证错不了。你们村子有特别的标记，老高的三棵银杏树。"

表哥又重重地拍一下我的肩膀，笑着说："你说的正是我的意思！所以我的诗一开头就说三棵老银杏。"

（原载《旅行家》1956 年第 11 期）

夏天的雨后

镜子一样平的河水澄清碧绿，有时起一些细碎的波纹。杨柳的枝条倒挂下来拂着河面，点点的水珠时时从树上落下。鸟儿唱着轻快的歌。水草散出一种清爽的气息。

没有秋虫的地方

阶前看不见一茎绿草，窗外望不见一只蝴蝶，谁说是鹪鹩箱里的生活，鹪鹩未必这样枯燥无味呢。

秋天来了，记忆就轻轻提示道，"凄凄切切的秋虫又要响起来了。"可是一点影响也没有，邻舍儿啼人闹弦歌杂作的深夜，街上轮震石响邪许并起的清晨，无论你靠着枕头听，凭着窗沿听，甚至贴着墙角听，总听不到一丝秋虫的声息。并不是被那些欢乐的劳困的宏大的清亮的声音淹没了，以致听不出来，乃是这里根本没有秋虫。啊，不容留秋虫的地方！秋虫所不屑居留的地方！

若是在鄙野的乡间，这时候满耳朵是虫声了。白天与夜间一样地安闲；一切人物或动或静，都有自得之趣；嫩暖的阳光和轻淡的云影覆盖在场上，到夜呢，明耀的星月和轻微的凉风看守着整夜，在这境界这时间里唯一足以感动心情的就是秋虫的合奏。它们高低宏细疾徐作歇，仿佛经过乐师的精心训练，所以这样地无可批评，踌躇满志。其实它们每一个都是神妙的乐师；众妙毕集，各抒灵趣，哪有不成人间绝响的呢。

虽然这些虫声会引起劳人的感叹，秋士的伤怀，独客的微喟，思妇的低泣；但是这正是无上的美的境界，绝好的自然诗篇，不独是旁人最喜欢吟味的，就是当境者也感受一种酸酸的麻麻的味道，这种味道在另一方面是非常隽永的。

大概我们所祈求的不在于某种味道，只要时时有点儿味道尝尝，就自诩为生活不空虚了。假若这味道是甜美的，我们固然含着笑来体味它；若是酸苦的，我们也要皱着眉头来辨尝它：这总比淡漠无味胜过百倍。我们以为最难堪而亟欲逃避的，唯有这个淡漠无味！

所以心如槁木不如工愁多感，迷蒙的醒不如热烈的梦，一口苦水胜于一盏白汤，一场痛哭胜于哀乐两忘。这里并不是说愉快乐观是要不得的，清健的醒是不必求的，甜汤是罪恶的，狂笑是魔道的；这里只是说有味远胜于淡漠罢了。

所以虫声终于是足系恋念的东西。何况劳人秋士独客思妇以外还有无量数的人。他们当然也是酷嗜趣味的，当这凉意微逗的时候，谁能不忆起那美妙的秋之音乐？

可是没有，绝对没有！井底似的庭院，铅色的水门汀地，秋虫早已避去唯恐不速了。而我们没有它们的翅膀与大腿，不能飞又不能跳，还是死守在这里。想到"井底"与"铅色"，觉得象征的意味丰富极了。

1923 年 8 月 31 日作

（原载 1923 年 9 月 3 日上海《时事新报·文学周刊》第 86 期）

藕与莼菜

　　同朋友喝酒,嚼着薄片的雪藕,忽然怀念起故乡来了。若在故乡,每当新秋的早晨,门前经过许多乡人:男的紫赤的胳膊和小腿肌肉突起,躯干高大且挺直,使人起健康的感觉;女的往往裹着白地青花的头巾,虽然赤脚,却穿短短的夏布裙,躯干固然不及男的那样高,但是别有一种健康的美的风致;他们各挑着一副担子,盛着鲜嫩的玉色的长节的藕。在产藕的池塘里,在城外曲曲弯弯的小河边,他们把这些藕一再洗濯,所以这样洁白。仿佛他们以为这是供人品味的珍品,这是清晨的画境里的重要题材,倘若涂满污泥,就把人家欣赏的浑凝之感打破了;这是一件罪过的事,他们不愿意担在身上,故而先把它们洗濯得这样洁白了,才挑进城里来。他们要稍稍休息的时候,就把竹扁担横在地上,自己坐在上面,随便拣择担里过嫩的"藕枪"或是较老的"藕朴",大口地嚼着解渴。过路的人就站住了,红衣衫的小姑娘拣一节,白头发的老公公买两支。清淡的甘美的滋味于是普遍于家家户户了。这种情形差不多是平常的日课,直到叶落秋深的时候。

在这里上海，藕这东西几乎是珍品了。大概也是从我们故乡运来的。但是数量不多，自有那些伺候豪华公子硕腹巨贾的帮闲茶房们把大部分抢去了；其余的就要供在较大的水果铺里，位置在金山苹果吕宋香芒之间，专待善价而沽。至于挑着担子在街上叫卖的，也并不是没有，但不是瘦得像乞丐的臂和腿，就是涩得像未熟的柿子，实在无从欣羡。因此，除了仅有的一回，我们今年竟不曾吃过藕。

这仅有的一回不是买来吃的，是邻舍送给我们吃的。他们也不是自己买的，是从故乡来的亲戚带来的。这藕离开它的家乡大约有好些时候了，所以不复呈玉样的颜色，却满被着许多锈斑。削去皮的时候，刀锋过处，很不爽利。切成片送进嘴里嚼着，有些儿甘味，但是没有那种鲜嫩的感觉，而且似乎含了满口的渣，第二片就不想吃了。只有孩子很高兴，他把这许多片嚼完，居然有半点钟工夫不再作别的要求。

想起了藕就联想到莼菜。在故乡的春天，几乎天天吃莼菜。莼菜本身没有味道，味道全在于好的汤。但是嫩绿的颜色与丰富的诗意，无味之味真足令人心醉。在每条街旁的小河里，石埠头总歇着一两条没篷的船，满舱盛着莼菜，是从太湖里捞来的。取得这样方便，当然能日餐一碗了。

而在这里上海又不然，非上馆子就难以吃到这东西。我们当然不上馆子，偶然有一两回去叨扰朋友的酒席，恰又不是莼菜上市的时候，所以今年竟不曾吃过。直到最近，伯祥的杭州亲戚来了，送他瓶装的西湖莼菜，他送给我一瓶，我才算也尝了新。

向来不恋故乡的我，想到这里，觉得故乡可爱极了。我自己也不明白，为什么会起这么深浓的情绪？再一思索，实在很浅显：因为在故乡有所恋，而所恋又只在故乡有，就萦系着不能割舍了。譬如亲密的家人在那里，知心的朋友在那里，怎得不恋恋？怎得不怀念？但是仅仅为了爱故乡么？不是的，不过在故乡的几个人把我们牵系着罢了。若无所牵系，更何所恋念？像我现在，偶然被藕与莼菜所牵系，所以就怀念起故乡来了。

所恋在哪里，那里就是我们的故乡了。

1923 年 9 月 7 日作

（原载 1923 年 9 月 10 日上海《时事新报·文学周刊》第 87 期）

将离

　　跨下电车，便是一阵细且柔的密雨。旋转的风把雨吹着，尽向我身上卷上来。电灯光特别昏暗，火车站的黑影兀立在深灰色的空中。那边一行街树，枝条像头发似的飘散舞动，萧萧作响。我突然想起：难道特地要叫我难堪，故意先期做起秋容来么！便觉得全身陷在凄怆之中，刚才喝下去的一斤酒在胃里也不大安分起来了。

　　这是我的揣想：天日晴朗的离别胜于风凄雨惨的离别，朝晨午昼的离别胜于傍晚黄昏的离别。虽然一回离别不能二者并试以作比较，虽然这一回的离别还没有来到，我总相信我的揣想是大致不谬的。然而到福州去的轮船照例是十二点光景开的，黄昏的离别是注定的了。像这样入秋渐深，像这样时候吹一阵风洒一阵雨，又安知六天之后的那一夜，不更是风凄雨惨的离别呢？

　　一件东西也不要动：散乱的书册，零星的原稿纸，积着墨汁的水盂，歪斜地摆着的砚台……一切保持原来的位置。一点儿变更也不让有：早上

六点起身，吃了早饭，写了一些字，准时到办事的地方去，到晚回家，随便谈话，与小孩胡闹……一切都是平淡的生活。全然没有离别的气氛，还有什么东西会迫紧来？好像没有快要到来的这回事了。

记得上年平伯去国，我们一同在一家旅馆里，明知不到一小时，离别的利刃就要把我们分割开来了。于是一启口一举手都觉得有无形的线把我牵着，又似乎把我浑身捆紧；胸口也闷闷的不大好受。我竭力想摆脱，故意做出没有什么的样子，靠在椅背上，举起杯子喝口茶，又东一句西一句地谈着。然而没有用，只觉得十分勉强，只觉得被牵被捆被压得越紧罢了。我于是想：离别的气氛既已凝集，再也别想冲决它，它是非把我们拆开来不可的。

现在我只是不让这气氛凝集，希望免受被牵被捆被压的种种纠缠。我又这么痴想，到离去的一刻，最好恰正在沉酣的睡眠里，既泯能想，自无所想。虽然觉醒之后，已经是大海孤轮中的独客，不免引起深深的惆怅；但是最难堪的一关已经闯过，情形便自不同了。

然而这气氛终于会凝集拢来。走进家里，看见才洗而缝好的被袱，衫袴长袍之类也一叠叠地堆在桌子上。这不用问，是我旅程中的同伴了。"偏要这么多事，事已定了，为什么不早点儿收拾好！"我略微烦躁地想。但是必须带走既属事实，随时预备尤见从容，我何忍说出责备的话呢——实在也不该责备，只该感激。

然而我触着这气氛了，而且嗅着它的味道了，与上年在旅馆里感到的正是同一的种类，不过还没有这样浓密而已。我知道它将要渐渐地浓密，犹如西湖上晚来的烟雾；直到最后，它具有一种强大的力量，便会把我一挤；我于是不自主地离开这里了。

我依然谈话，写字，吃东西，躺在藤椅上；但是都有点儿异样，有点儿不自然。

　　夜来有梦，梦在车站月台旁。霎时火车已到，我急忙把行李提上去，身子也就登上，火车便疾驰而去了。似乎还有些东西遗留在月台那边，正在检点，就想到遗留的并不是东西，是几个人。很奇怪，我竟不曾向他们说一声"别了"，竟不曾伸出手来给他们；不仅如此，登上火车的时候简直把他们忘了。于是深深地悔恨，怎么能不说一声，握一握手呢！假若说了，握了，究竟是个完满的离别，多少是好。"让我回头去补了吧！让我回头去补了吧！"但是火车不睬我，它喘着气只是向前奔。

　　这梦里的登程，全忘了月台上的几个人，与我痴心盼望的酣睡时离去，情形正相仿佛。现在梦里的经验告诉我，这只有勾引些悔恨，并不见得比较好些。那么，我又何必作这种痴想呢？然而清醒地说一声握一握的离别，究竟何尝是好受的！

　　"信要写得勤，要写得详；虽然一班轮船动辄要隔三五天，而厚厚的一叠信笺从封套里抽出来，总是独客的欣悦与安慰。"

　　"未必能够写得怎样勤怎样详吧。久已不干这勾当了；大的小的粗的细的种种事情箭一般地射到身上来，逐一对付已经够受了，知道还有多少坐定下来执笔的工夫与精神！"

　　离别的滋味假若是酸的，这里又搀入一些苦辛的味道了。

1923 年 9 月 12 日作

（原载《文学旬刊》第 88 期，署名圣陶）

客语

　　侥幸万分的竟然是晴明的正午的离别。

　　"一切都安适了，上岸回去吧，快要到开行的时刻了。"似乎很勇敢地说了出来，其实呢，处此境地，就不得不说这样的话。但也不是全不出于本心。梨与香蕉已经买来给我了，话是没有什么可说了；夫役的扰攘，小舱的郁蒸，又不是什么足以赏心的；默默地挤在一起，徒然把无形的凄心的网织得更密罢了：何如早点儿就别了呢？

　　不可自解的是却要送到船栏边，而且不止于此，还要走下扶梯送到岸上。自己不是快要起程的旅客么？竟然充起主人来。主人送了客，回头踱进自己的屋子，看见自己的人。可是现在——现在的回头呢？

　　并不是懦怯，自然而然看着别的地方，答应"快写信来"那些嘱咐。于是被送的转身举步了。也不觉得什么，只仿佛心里突然一空似的（老实说，摹写不出了）。随后想起应该上船，便跨上扶梯；同时用十个指头梳满头散乱的头发。

倚着船栏，看岸上的人去得不远，而且正回身向这里招手。自己的右手不待命令，也就飞扬跋扈地舞动于头顶之上。忽地觉得这刹那间这个境界很美，颇堪体会。待再望岸上人，却已没有踪迹，大概拐了弯赶电车去了。

没有经验的想象往往是外行的，待到证实，不免自己好笑。起初以为一出吴淞口便是苍茫无际的海天，山头似的波浪打到船上来，散为裂帛与抛珠，所以只是靠着船栏等着。谁知出了口还是似尽又来的沙滩，还是一抹连绵的青山，水依然这么平，船依然这么稳。若说眼界，未必开阔了多少，却觉空虚了好些；若说趣味，也不过与乘内河小汽轮一样。于是失望地回到舱里，爬上上层自己的铺位，只好看书消遣。下层那位先生早已有时而猝发的齁声了。

实在没有看多少页书，不知怎么也朦胧起来了。只有用这"朦胧"二字最确切，因为并不是睡着，汽机的声音和船身的微荡，我都能够觉知，但仅仅是觉知，再没有一点思想一毫情绪。这朦胧仿佛剧烈的醉，过了今夜，又是明朝，只是不醒，除了必要坐起来几回，如吃些饼干牛肉香蕉之类，也就任其自然——连续地朦胧着。

这不是摇篮里的生活么？婴儿时的经验固然无从回忆，但是这样只有觉知而没有思想没有情绪，该有点儿相像吧。自然，所谓离思也暂时给假了。

向来不曾亲近江山的，到此却觉得趣味丰富极了。书室的窗外，只隔一片草场，闲闲地流着闽江。彼岸的山绵延重叠，有时露出青翠的新妆，有时披上轻薄的雾帔，有时不知从什么地方来了好些云，却与山通起家来，于是更见得那些山郁郁然有奇观了。窗外这草场差不多是几十头羊与十条牛的领土。看守羊群的人似乎不主张放任主义的，他的部民才吃了一顿，立即用竹竿驱策着，叫它们回去。时时听得仿佛有几个人在那里割草的声音，便想到这十头牛特别自由，还是在场中游散。天天喝的就是它们的奶，又白又浓又香，真是无上的恩惠。

卧室的窗对着山麓，望去有裸露的黑石，有矮矮的松林，有泉水冲过的涧道。间或有一两个人在山顶上樵采，形体藐小极了，看他们在那里运动着，便约略听得微茫的干草瑟瑟的声响。这仿佛是古代的幽人的境界，在什么诗篇什么画幅里边遇见过的。暂时充当古代的幽人，当然有些新鲜的滋味。

月亮还在山的那边，仰望山谷，苍苍的，暗暗的，更见得深郁。一阵风起，总是锐利的一声呼啸一般，接着便是一派松涛。忽然忆起童年的情景来：那一回与同学们远足天平山，就在高义园借宿，稻草衬着褥子，横横竖竖地躺在地上。半夜里醒来了，一点儿光都没有，只听得洪流奔放似的声音，这声音差不多把一切包裹起来了；身体颇觉寒冷，因而把被头裹得更紧些。从此再也不想睡，直到天明，只是细辨那喧而弥静静而弥旨的滋味。三十年来，所谓山居就只有这么一回。而现在又听到这声音了，虽然没有那夜那么宏大，但是往后的风信正多，且将常常更甚地听到呢。只不知童年的那种欣赏的心情能够永永持续否……

这里有秋虫，有很多的秋虫，没有秋虫的地方究竟是该诅咒的例外。躺在床上听听，真是奇妙的合奏，有时很繁碎，有时很凝集，而总觉得恰合刚好，足以娱耳。中间有一种不知名的虫，它们的声音响亮而曼长，像是弦乐，而且引起人家一种想象，仿佛见到一位乐人在那里徐按慢抽地演奏。

松声与虫声渐渐地轻微又轻微，终于消失了……

仓前山差不多一座花园，一条路，一丛花，一所房屋，一个车夫，都有诗意。尤其可爱的是晚阳淡淡的时候，礼拜堂里送出一声钟响，绿荫下走过几个张着花纸伞的女郎。

跟着绍虞夫妇前山后山地走，认识了两相仿佛的荔枝树与龙眼树，也认识了长髯飘飘的生着气根的榕树，眺望了我们所住的那座山，又看了胭脂似的西边的暮云，于是坐在路旁的砖砌的矮栏上休息。渐渐地四围昏暗了，远处的山只像几笔极淡的墨痕染渍在灰色的纸上。乡间的女人匆匆地归去，走过我们身边，很自然地向我们看一看。那种浑朴的意态，那种奇异的装束（最足注目的是三支很长的银发钗，像三把小剑，两横一竖地把发髻拢住，我想，两个人并肩走时，横插的剑锋会划着旁人的头发），都使我想到古代的人。同时又想，什么现代精神，什么种种的纠纷，都渺茫得像此刻的远山一样，仿佛沉在梦幻里了。

中秋夜没有月，这倒很好，我本来不希望看什么中秋月。与平常没有月亮的晚上一样，关在书室里，就美孚灯光下做了一点儿功课，就去睡了。

第二天的傍晚，满天是云，江面黯然。西风震动窗棂，"吉格"作响。突然觉得寂寥起来，似乎无论怎样都不好。但是又不能什么都不，总要在这样那样里占其一，这时候我占的是倚窗怅望。然而怅望又有什么意思呢？

绍虞似乎有点儿揣度得出，他走来邀我到江边去散步。水波被滩石所挡，激触有声。还有广遍而轻轻的风一般的音响平铺在江面上，潮水又退出去了。便随口念旧时的诗句："潮声应未改，客绪已频更。"七年以前，我送墨林去南通。出得城来，在江滨的客店里歇宿候船，却成了独客。荒凉的江滨晚景已够叫人怅怅，又况是离别开始的一晚，真觉得百无一可了。聊学雅人口占一诗，藉以排遣。现在这两句就是这一首诗里的。唉，又是潮声，又是客绪！

所谓客绪，正像冬天的浓云一般，风吹不散，只是越凝集越厚，散步的药又有什么用处。回到屋里，天差不多黑了，我们暂时不点火，就在昏暗中坐下。我说："介泉在北京常说，在暮色苍茫之际，炉火微明，默然小坐，别有滋味。"绍虞接应了一声就不响了。很奇怪，何以我和他的声音都特别寂寞，仿佛在一个广大的永寂的虚空中，仅仅荡漾着这一些声音，音波散了，便又回复它的永寂。

想来介泉所说的滋味，一定带着酸的。他说"别有"，诚然是"别有"，我能够体会他的意思了。

点灯以后，居然送来了切盼而难得的邮件，昨天有一艘轮船到这里了。看了第一封，又把心挤得紧一点。第二封是平伯的，他提起我前几天作的一篇杂记，说："……此等事终于无可奈何，不呻吟固不可，作呻吟又觉陷于怯弱。总之，无一而可，这是实话。……"

似乎觉得这确是怯弱，不要呻吟吧。

但是还是去想，呻吟为了什么？恋恋于故乡么？故乡之足以恋恋的，差不多只有藕与莼菜这些东西了，又何至于呻吟？恋恋于鹁鸽箱似的都市里的寓居么？既非鹁鸽，又何至于因为飞开了而呻吟？老实地说，简括地说，只因一种愿与最爱与同居的人同居的心情，忽然不得满足罢了。除了与最爱与同居的人同居，人间的趣味在哪里？因为不得满足而呻吟，正是至诚的话，有什么怯弱不怯弱？那么，又何必不要呻吟呢？

呻吟的心本来如已着了火的燃料，浓烟郁结，正待发焰。平伯的信恰如一根火柴，就近一引，于是炽盛地燃烧起来了……

1923 年 10 月 1 日作

（原载 1923 年 10 月 8 日上海《时事新报·文学周刊》第 91 期）

卖白果

　　总弄里边不知不觉笼上昏黄的暮色，一列电灯亮起来了。三三两两的男子和妇女站在各弄的口头，似乎很正经的样子，不知在谈些什么。几个孩子，穿鞋没拔上跟，他们互相追赶，鞋底擦着水门汀地，作"替替"的音响。

　　这时候，一个挑担的慢慢地走进弄来，他向左右观看，顿一顿再向前走两三步。他探认主顾的习惯就是如此。主顾确是必须探认的，不然，挑着担子出来难道是闲耍么？走到第四弄的口头，他把担子歇下来了。我们试看看他的担子。后头有一个木桶，盖着盖子，看不见盛的是什么东西。前头却很有趣，装着个小小的炉子，同我们烹茶用的差不多，上面承着一只小镬子；瓣状的火焰从镬子旁边舔出来，烧得不很旺。在这暮色已浓的弄口，便构成个异样的情景。

　　他开了镬子的盖子，用一爿蚌壳在镬子里拨动，同时不很协调地唱起来了："新鲜热白果，要买就来数。"发音很高，又含有急促的意味。这一唱影响可不小，左弄右弄里的小孩子陆续奔出来了，他们已经神往于镀子里的小颗粒，大人在后面喊着慢点儿跑的声音，对于他们只是微茫的喃喃了。

据平昔的经验，听到叫卖白果的声音时，新凉已经接替了酷暑；扇子虽不至于就此遭到捐弃，总不是十二分时髦的了；因此，这叫卖声里似乎带着一阵凉意。今年入秋转热，回家来什么也不做，还是气闷，还是出汗。正在默默相对，仿佛要叹息着说莫可奈何之际，忽然送来这么带着凉意的一声两声，引起我片刻的幻想的快感，我真要感谢了。

这声音又使我回想到故乡的卖白果的。做这营生的当然不只是一个，但叫卖的声调却大致相似，悠扬而轻清，恰配作新凉的象征；比较这里上海的卖白果的叫卖声有味得多了。他们的唱句差不多成为儿歌，我小时候曾经受教于大人，也摹仿着他们的声调唱：

> 烫手热白果，
> 香又香来糯又糯；
> 一个铜钱买三颗，
> 三个铜钱买十颗。
> 要买就来数，
> 不买就挑过。

这真是粗俗的通常话，可是在静寂的夜间的深巷中，这样不徐不疾，不刚劲也不太柔软地唱出来，简直可以使人息心静虑，沉入享受美感的境界。本来，除开文艺，单从声音方面讲，凡是工人所唱的一切的歌，小贩呼唤的一切叫卖声，以及戏台上红面孔白面孔青衫长胡子所唱的戏曲，中间都颇有足以移情的。我们不必辨认他们唱的是些什么话，含着什么意思，单就那调声的抑扬徐疾送渡转折等等去吟味；也不必如考据家内行家那样用心，推究某种俚歌源于什么，某种腔调是从前某老板的新声，特别可贵；只取足以悦我们的耳的，就多听它一会；这样，也就可以获得不少赏美的乐趣。如果歌唱的也就是极好的文艺，那当然更好，原是不待说明的。

这里上海的卖白果的叫卖声所以不及我故乡的，声调不怎么好自然是主因，而里中欠静寂，没有给它衬托，也有关系。弄里的零零碎碎的杂声，弄外马路上的汽车声，工厂里的机器声，搅和在一起，就无所谓静寂了。即使是神妙的音乐家，在这境界中演奏他生平的绝艺，也要打个很大的折扣，何况是不足道的卖白果的叫卖声呢。

但是它能引起我片刻的幻想的快感，总是可以感谢而且值得称道的。

1924 年 8 月 22 日作

（原载 1924 年 8 月 25 日上海《时事新报·文学周刊》第 136 期）

暮

　　西窗的斜阳才欲退隐，所有的色彩似乎暗淡了一点。主人翁觉得不耐了，"来，把灯开了！"拍地一旋，成串挂着的电灯如同闭了眼好久骤然张开似地一耀，什么都仿佛涂上了一层油彩。谁说这不是快适的享用，文明生活这个题目中的应有之义呢？

　　那工场中的地下室，围困在几百间房间里的单人客舍，百货商店的柜台橱架之间，以及沉没在烟里雾里的什么什么铺子和人家，电灯成日成夜地亮着，简直把大地运转的痕迹抹掉了。这是个实际问题，暗了必得它亮；否则为着生存，为着生存（写到第二个"为着"，以为总该换一个别的，却觉得只有"为着生存"最妥当，所以又写了一个；就此为止，不再写第三个了）的种种活动不就停顿了么？

　　我不反对有快适的享用的文明生活，实际问题尤其无可反对。但是我不禁为处于这等境界中的人惋惜，他们有的是优游的，有的是劳顿的，却同样地失去了一种足以吟味的美妙的诗境了。有如对于音乐一般，某甲则

三百石印富翁

心领而神会，某乙却无异对琴之牛：感受与不感受固截然有别，即使感受，又大有程度之差；然而没有音乐送到耳边，始终不给你接触的机会，这无论在某甲某乙，都该是一个缺憾吧。

这种美妙的诗境就是"暮"。

所谓暮者，乃指太阳已没到地平线之下，而黑暗的幕还没有拉拢来，一切景物承着太阳的残余的弱光这期间。这自然不是"斜阳暮"了。在这时候，我们可以玩味那暮的特有的颜色。充满空际的是淡淡的青。若比晴朗的长天，没有那么明；若比清澄的湖水，没有那么活；这是微暗的，轻凝的，朦胧的，有如卷烟徐徐袅起的烟缕，又叫人想起堆在枕旁的美人的蓬松的长发。这青色蒙上屋檐、窗棂、庭树、盆花，以及平田、长河、密林、乱山等等，任是不协调的也给调和了，消融了各具的轮廓和色彩，在神秘的苍茫中凝合为一气。

自然，我们也给这青色蒙住了，若从超人间的什么眼看来，我们就在这一气之中，正如一滴水之于大海。但是我们有我们的我执，便觉这淡淡的青有一种压迫的力，轻轻的，十二分轻轻的，然而总会叫我们感觉着。这力量似乎离头顶一尺的光景，——不，似乎触着了头顶，——不，压到眉梢了，——也不，竟然四肢百体都压到了。虽然是压迫，不但轻，而且软，仿佛靠着木棉花的枕头，裹着野鸭绒的被褥。被压得透不转气来自是没有的事，而使神经略微受点激刺，同喝这么一盏半盏酒似的，不是醉于美德，不是醉于欢爱，不是醉于旁的一切，而醉于暝色之中了。

"暝色入高楼，有人楼上愁。"这醉的滋味就是愁。是怎样的愁呢？这愁不同于夕阳将下淡黄的光懒懒地映在屋半腰树半梢那时候所感觉的。那时候感到一种衰零的情味，莫名地惋惜，莫名地惆怅，扼要称说，当然逃不了一个"愁"字。而在暝色之中,依恋是沉下去了,更无所谓惋惜,驰骛是停止住了,更无所谓惆怅。只有一种微茫的空虚之感,细细碎碎的又似乎无边无外的,在刺着我们的身体,渗入我们的心。这也是愁呀,但不涉困穷,非关离别,侵掠到劳人思妇以外,所以更是原始的,潜在的。在含着上两句的那首词的下半阕有一句道:"何处是归程?"是何处?是何处?实在无所归呵!于是那词人发愁了。

我们想象那"日暮倚修竹"的佳人,她那时候一定不在想身世的遭际和恋爱的问题,等而下之如关于服装饰物那些事情。暝色笼住了她,修竹发出瑟瑟的低音,那种微茫的空虚之感渗入她的任何部分:无所归呵!无所归呵!她只有默默地倚在那里了。

又试念李后主的句子:"独自暮凭栏,无限江山。"江山无限,在苍茫的暝色之中更能体会。但是,归向何处呢?江之东,江之西呢?山之南,山之北呢?全都是归路,只有一句"无所归呵"的回答!这是李后主当时的愁绪。至于国亡家破之感,他当然是有的,但这时候归于浑忘了。他卸去了彩色斑斓的愁的衣服,看见了赤裸的潜在的原始的愁了。

犹之潸然滴泪的时候,心酸是微微地脉脉地,乍一念起,觉得这是个微妙的境界,其中有说不出的美。暝色之中的愁思正有同样的情形,所以我说它足以吟味。

如其不是独处在那里,旁边伴着的有爱人或至友,想来也只有默默相对吧。在这样的境界之中,有什么可说呢?有什么可说呢?

1925 年 4 月 18 日作

(原载《我们的六月》,上海亚东图书馆 1925 年 6 月出版)

牵牛花

　　手种牵牛花，接连有三四年了。水门汀地没法下种，种在十来个瓦盆里。泥是今年又明年反复用着的，无从取得新的泥来加入。曾与铁路轨道旁种地的那个北方人商量，愿出钱向他买一点儿，他不肯。

　　从城隍庙的花店里买了一包过磷酸骨粉，搀和在每一盆泥里，这算代替了新泥。

　　瓦盆排列在墙脚，从墙头垂下十条麻线，每两条距离七八寸，让牵牛的藤蔓缠绕上去。这是今年的新计划，往年是把瓦盆摆在三尺光景高的木架子上的。这样，藤蔓很容易爬到了墙头；随后长出来的互相纠缠着，因自身的重量倒垂下来，但末梢的嫩条便又蛇头一般仰起，向上伸，与别组的嫩条纠缠，待不胜重量时重演那老把戏；因此墙头往往堆积着繁密的叶和花，与墙腰的部分不相称。今年从墙脚爬起，沿墙多了三尺光景的路程，或者会好一点儿；而且，这就将有一垛完全是叶和花的墙。

　　藤蔓从两瓣子叶中间引伸出来以后，不到一个月工夫，爬得最快的几株将要齐墙头了。每一个叶柄处生一个花蕾，像谷粒那么大，便转黄萎去。据几年来的经验，知道起头的一批花蕾是开不出来的；到后来发育更见旺盛，新的叶蔓比近根部的肥大，那时的花蕾才开得成。

今年的叶格外绿，绿得鲜明；又格外厚，仿佛丝绒剪成的。这自然是过磷酸骨粉的功效。他日花开，可以推知将比往年的盛大。

但兴趣并不专在看花，种了这小东西，庭中就成为系人心情的所在，早上才起，工毕回来，不觉总要在那里小立一会儿。那藤蔓缠着麻线卷上去，嫩绿的头看似静止的，并不动弹；实际却无时不回旋向上，在先朝这边，停一歇再看，它便朝那边了。前一晚只是绿豆般大一粒嫩头，早起看时，便已透出二三寸长的新条，缀一两张长满细白绒毛的小叶子，叶柄处是仅能辨认形状的小花蕾，而末梢又有了绿豆般大一粒嫩头。有时认着墙上的斑剥痕想，明天未必便爬到那里吧；但出乎意外，明晨竟爬到了斑剥痕之上；好努力的一夜功夫！"生之力"不可得见；在这样小立静观的当儿，却默契了"生之力"了。渐渐地，浑忘意想，复何言说，只呆对着这一墙绿叶。

即使没有花，兴趣未尝短少；何况他日花开，将比往年盛大呢。

（原载 1931 年 9 月 20 日《北斗》月刊创刊号）

荷花

　　今天清早进公园，闻到一阵清香，就往荷花池边跑。荷花已经开了不少了。荷叶挨挨挤挤的，像一个个大圆盘，碧绿的面，淡绿的底。白荷花在这些大圆盘之间冒出来。有的才展开两三片花瓣儿。有的花瓣儿全都展开了，露出嫩黄色的小莲蓬。有的还是花骨朵儿，看起来饱胀得马上要破裂似的。

　　这么多的白荷花，有姿势完全相同的吗？没有，一朵有一朵的姿势。看看这一朵，很美，看看那一朵，也很美，都可以画写生画。我家隔壁张家挂着四条齐白石老先生的画，全是荷花，墨笔画的。我数过，四条总共画了十五朵，朵朵不一样，朵朵都好看。如果把眼前这一池的荷叶荷花看作一大幅活的画，那画家的本领比齐白石老先生更大了。那画家是谁呢……

　　我忽然觉得自己仿佛就是一朵荷花。一身雪白的衣裳，透着清香。阳光照着我，我解开衣裳，敞着胸膛，舒坦极了。一阵风吹来，我就迎风舞蹈，雪白的衣裳随风飘动。不光是我一朵，一池的荷花都在舞蹈呢，这不就像电影《天鹅湖》里许多天鹅一齐舞的场面吗？风过了，我停止舞蹈，静静地站在那儿。蜻蜓飞过来，告诉我清早飞行的快乐。小鱼在下边游过，告诉我昨夜做的好梦⋯⋯

周行、李平他们在池对岸喊我，我才记起我是我，我不是荷花。

忽然觉得自己仿佛是另外一种东西，这种情形以前也有过。有一天早上，在学校里看牵牛花，朵朵都有饭碗大，那紫色鲜明极了，镶上一道白边儿，更显得好看。我看得出了神，觉得自己仿佛就是一朵牵牛花，朝着可爱的阳光，仰起圆圆的笑脸。还有一回，在公园里看金鱼，看得出了神，觉得自己仿佛就是一条金鱼。胸鳍像小扇子，轻轻地扇着，大尾巴比绸子还要柔软，慢慢地摆动。水里没有一点儿声音，静极了，静极了⋯⋯

我觉得这种情形是诗的材料，可以拿来作诗。作诗，我要试试看——当然还要好好地想。

秋

　　开了锁，推开房门，一阵霉蒸气。是阴沉的秋天的傍晚，那些疏阔得几乎不相识的家具都显得非常朦胧。开了两扇窗，才看出什么东西都掺上了一层灰尘。

　　她站到镜台前，那镜中的人脸色灰暗，两眼下方各有淡墨痕似的一搭，嘴唇失了明显的界限，似乎不是每天看见的那副容貌。她便想到今天是疲乏了，买票处的拥挤，三等车中三点钟转侧不得的站立，下车之后提着并不很轻的提箱从车夫的包围中挤出，真是少有的努力。这几天本来觉得腰痛腿酸，现在更见厉害了；只想把身子摆平，让床褥来支持身子的重量。原来是秋分了，她突然想起，跟着就来了伤感的心情，四十不到的年纪，身体上已经挂着历本了。

　　她的眼光给镜台上什么东西拦住了。焦褐色的一些小团，焦褐色的几条枝梗，荒地上的尸骸似的散置在那里。她记起了，那是去年春天上坟的时候在河边采的野蔷薇，回来扔在这里，就匆匆地赶火车去了。一年半的时光又溜走了，现在又得去上坟。

她约略拂去床上的灰尘，便躺下来。好似来到了凄凉的旅店，两眼直望着帐顶，让自己沉没在怅怅然的感觉里。

皱脸的老妈子端着煤油灯进房来。她把灯放在靠窗的桌子上，便用探索的眼光回头看，自言自语道："小姐在这里歇息。"又拖着滞重的脚步出去了。

不一会，房门外起了轻悄的对话声。虽说轻悄，但双方显然都没有操纵自己的声带的素养，说的什么完全传到了房里躺着的人的耳朵里。

"听我们奶奶说，她在上海做收生婆的。"

"咄，咄，咄，好龌龊的行业，血淋淋的……"

"血淋淋倒不用管，你想，收生婆，说出来多么……"

"她还是小姐呢，小姐怎能干这种行业？叫我想想，难为情极了，哪还有脸见人！"

"我也这样说。她要配人家只怕难了。讨个新奶奶，说是做收生婆的，谁要？"

"她年纪不轻了吧？"

"不清楚，没听我们奶奶说过。看她那样子，三十五总不止了。"

躺在床上的人知道说话的一个是嫂嫂处用的刚才送灯来的那个皱脸老妈子，另一个该是宅内别人家的老妈子。在裂了缝的板壁上，她们的眼睛大概正贴着在那里，窥看着龌龊的难为情的她吧。她这样猜想，并没有嫌厌她们的意思；老妈子知道什么？自从开业以来，一年间收过不到三十回的生，那些自以为开通而请产科医生的人家，又有几个人不把异样的眼光投到她身上？"你，干这行业？"从他们的眼光里总可以读到这样的话。

老妈子不过把这样的话说了出来罢了。倒是她们猜测她的年纪有点儿可恨。她自己也不明白所以然，对于别人考查她的年纪总觉得讨厌；在学校里的时候，有些同学直截了当问她几岁，她心里固然不舒服，脸上却不好意思发作，便支吾其辞说忘了；更有伶俐乖巧的同学乘她不提防，突然问她属什么生肖，她的回答也绝不会疏忽，不说属花条马便说属长颈鹿，那些非洲狩猎影片里的东西。这样对付过去以后，她便把发问的人看作不怀好意的侦探，越能少同她交往越好。

老妈子又说什么只怕难了，啊，想它做什么！她转身朝里，面对着映在帐幅上的她自己的黑影。

晚饭过后，嫂嫂到她房里来谈话。约略说了些不相干的引子之后，便吞吞吐吐转到正文：说本来要写信到上海去的，一因哥哥不得空闲，二则她就要回来上坟了，所以留到现在面谈。说有人来谈起，有个姓张的要娶填房，年纪也不算大，才五十三岁，是一家钱庄的经理，手头有两三万；两个儿子，一个女儿，女儿最长，已经出嫁了，大儿子明年也要办喜事——做他们的"晚娘"是并不困难的：要不要回答来人说不妨谈谈，须请她自己做主。嫂嫂的意思是不妨谈谈，因为这样合适的人家很难碰到。

她听罢嫂嫂的话不就回答，可不是由于羞愧。当她二十岁以前，有人到她母亲旁边来说你家小小姐怎样怎样、某家几少爷怎样怎样的时候，她是立刻会像淘气的小猫那样一溜烟就不见的。二十一岁那年上，父亲母亲相继去世，以后人家的这些话就向哥哥嫂嫂说了，她渐渐学会假作没有听见的本领，脸上固然不免发红，溜走却不需了，这期间便偶尔听到"续弦""填房"那些字眼。二十七八的时候，她决定了不嫁，因为父亲的遗嘱上有这样的话，女儿中如有终于不出嫁的，应得田二十亩；但是来说亲

的人还是有，她却用旁观的态度来听，甚或发一些比嫂嫂更精细的盘问，好像所谈的真是与她完全无关的事——谁也不能知道她心头正沸腾着快适和妒恨纠结成一团的思潮。

现在她听说那人五十三岁，就好像有硬硬的一簇胡须在她嘴的周围乱扫，那种肉麻的恶心的感觉直扩展到两颊和颈间。一个老人和她自己的并肩双影闪现在她眼前，啊，这像什么样子？有什么意思？她闭了闭眼睛，才回答嫂嫂说："早就说过不谈了，嫂嫂，为什么又提起这些话来了？"

"我们这样想。"嫂嫂的声调显得十分亲切，"妹妹一个人在上海开业究竟是辛苦的事；如果有了合适的人家，就安舒得多了。"

究竟是辛苦的事，嫂嫂这句话正说中了实情。守护一个生命，那是须得集中全身的精力才能着手的工作；陪同产妇的一阵阵的挣扎，非把力气完全运用到两臂，一回比一回更加振奋不可，直到新生命脱离了母体才得透一口气；其时衣衫湿透了，躯干四肢好像不再属于自己了，然而产妇和婴儿双方还有许多需要料理的事，不能就此休息。那样的辛苦居然受得住，她自己想起来也有点儿不相信。但是就身体的情况而论，那样地受辛苦至多也只能支持十多年，她自己十分明白。五十多岁还能挺起脊梁收生吗？除此以外，还有业务上的艰难很可忧虑：开业一年多，只收过不到三十回的生，是个勉强可以敷衍的局面；产科医生的牌子差不多每条路上都有，路角墙壁上一并排贴着廉价收生的广告——"不论日夜，药费在内，五元""照定章对折，一律四元"，可见其中的竞争并不比商界缓和；凸起肚子的妇人几乎满街都是，为什么请教她收生的这么寥寥呢？假如第二个年头的成绩还不及第一年，而且以后一直衰落下去，那如何得了？关于这些，在看到家庭的日渐衰落，时势的急剧转变，毅然决然投考产科学校，准备做个职业妇女的时候，她是完全没有想到的。就是在当学生的三年间，都以为毕了业走出校门，便有一个自由的快适的天地等候着她。直到开了业，在实际的体验中，她才知道碰见的是辛苦，是身体和精神双方的辛苦。虽然辛苦，总得忍耐着挣扎下去；前途固然茫茫，但不挣扎又将奈何？这是她目前的逻辑。

"辛苦是的确的，不过我还受得住。"她看着煤油灯，以免和嫂嫂的眼光接触。

"现在还受得住，将来呢？"嫂嫂顿了一顿，又说，"我又要说妇人家的那句话了，一个人总得有个靠傍；如果生下一男半女，不就什么都放心了吗？"

"这个话我不很相信，"她摇着头说。"我只看见妇人家受子女的累，什么都放心了是说说的。"平时看惯的妇人家生产时的情状闪现在她眼前：血的潮，肉的进裂，被宰割似的悸动和呼号，真是无比的牺牲。同时她又闪电似的想起讲义上所说的难产的产母大都在什么年龄的话，便仿佛看见了自己落在难产的危难中的形象，啊，可怕！

嫂嫂见劝诱无效，就换个头绪来说："话得说回来，子女原不一定要自己生的。像那张家，女儿已经出嫁，两个儿子也都大了，你是不会错待人的，他们当然又尊敬又亲热地待你，还不是和自己生的一样？"嫂嫂坐近些，伸出手来似乎要拉她的衣袖的样子，把声音转得很软媚地说："这个也叫你娘，那个也叫你娘，你听了才快活呢。"

娘，这个生疏而带有快感的字眼，它确然给予她好像喝了点儿酒的舒适，正同听到人家称一声"奶奶"或是"老板娘"的时候一样。面前倘如有个玉雪可念的孩子，用小手牵住她的衣襟，爱娇地叫她一声"娘"，她自己会把什么辛苦都忘掉了吧。不然，就是已经出嫁的小姐呼她为"娘"，同她说些体己话，她自己也会觉得生活并不空虚吧。——可是，硬硬的一簇胡须好像又扫到她嘴唇上来了；这回仿佛还看见了斑白的头发，重叠的额纹，昏花的眼睛和焦黄的牙。一阵懊恼使她迸出决绝的话："嫂嫂，我们放开这个，谈谈别的吧。"

"那么，只好回绝那个来说起的人了。"嫂嫂搭讪着说。从前同类的好多回谈话，差不多总是由嫂嫂这样收场的。

随后嫂嫂就谈到哥哥的织袜厂的失利。同样的小规模的厂家不下十余家，要开辟推销的路径比向人家借钱还难，到年底预备收歇了。最近有人来拉股份，织阔幅的绵绸，看来好像呢子，可以做西装，销路据说是不坏的。不过手头没有钱，想卖了田去入股，反正一连好几年来，今年水灾，明年虫灾，收成七折八扣，又加上什么捐税，眼见得田不是什么有好处的产业了。末了说："今天他们就在那里开筹备会，所以到这时候他还没有回来。"

突然间，父亲的遗嘱——终于不出嫁的得田二十亩——在她头脑里刺了一针，她觉得完全明白嫂嫂这番劝诱的意义了。她不免激怒，想她偏不肯嫁，哥哥嫂嫂不能把她怎么样。她还想问个明白，卖了田去入股，是不是留下应该归她的二十亩。但是一转念后，又想他们既没有提明，她又何妨暂作不知，到事情真做出来时再与他们争论吧。于是耐着性儿，继续听嫂嫂琐琐屑屑地说些柴米油盐的家常话。

她坐在舱的右边，靠着明瓦窗。舱中围坐着六七个男人，女人只有她和嫂嫂，小孩有她的两个侄儿。白云笼罩着原野；轻风送来清新的草气，也送来阵阵的薄寒；河水活活地在船底流过；人语声显得很寂寞似的。

比较十余年前，上坟的情况是冷落得多了。那时候全家各房同住在宅内，上坟那天的早晨大家在大厅上齐集，就是个十分欢快的场面。各房的奶奶小姐走出来，全都穿起自出心裁的新装，这一件绣着蝴蝶，那一件绣着牡丹，各样的花边，各样的款式。脂粉气从每个腮帮上每条手臂上发散开来，熏得人人都好像喝了点儿酒，有说不出来的高兴。小孩子跳出跳进地催着上船，这个拉着伯伯，那个牵着爸爸。所有的人齐集了，才出门上船。船共有三条，摇到河道宽阔处便并排着行。水果和茶食摆得满桌，箫笛声应和着，笑声在这条船和那条船之间投来投去。简直是全家的快乐的郊游会。现在，各房分散了：有一房在交易所投机得利，便在上海造小洋房住；其他几房或在上海做点儿生意，或在南京当个小差使，都带了家眷去；空下的房子就租给几家别姓住了。大厅久已成为三不管的区域；令人生厌的几把破椅子上积着厚厚的灰尘；梁间常常搁着竹竿，晾着不知谁家的孩子的尿布。竞新斗艳的盛况再也不会在这里出现了，因为别房的女人根本就不来，只男人来了算数。这些男人，活动的天地各自不同，他们除开上坟而外，见面的机会也就很少了。

　　这么想着，她感觉非常凄清。从前那些即使是个梦，那个梦可否重做一回呢？——父亲母亲还健在；各房不必为生活而挣扎，依旧住在一处，快快活活一同去上坟，仍旧是三条船，并排着行，水果和茶食摆得满桌，箫笛声应和着，笑声在这条船和那条船之间投来投去；那样的梦多甜美呀！

　　"……哪知他上了当！"浓须的一个堂兄的高声闯进她的耳朵，她便听下去。

　　"说是交保证金三千两，六厘利息，每月薪水一百块。待交了保证金，他们却左也不开办，右也不开办，只说筹备尚未停当。这才疑惑起来，说把保证金还了吧；吓，回答说没有了！你们想，小伙子家干事这么不着实，我是完全相信他的话，谁知他把雪白的银子丢在水里！"

她就知道那堂兄所说的"他"是他的儿子，一个商业专门学校的毕业生。

在南京当科员的一个堂兄抬一抬眼镜，说："这非同他们打官司不可。"

"当然要打官司，"前一个堂兄摸着上唇的浓须，"但是我好容易凑了三千两银子，现在是两手空空了！空手是打不来官司的。所以今天要同你们商量：我提议卖掉我们的老宅。"

大家似乎吃了一惊，暂时间彼此面面相觑。

"我们本已搬出去了，搬回来的必要好像也没有。"另一个堂兄仿佛为提议人作说明。

哥哥也开口了，他说："倘如大家同意，我自然也不反对，我可以另外租房子住。"

她似乎觉得腔子里突然一空；同时头脑昏晕起来，舱内的人物在那里旋转，望得见的天和田野也在那里旋转。从十六岁那年占有的一间房间，是她仅有的世界，现在也将被夺去了！

到了坟前，她拜下去，眼泪簌簌地落下。

夜间，在回上海的火车中，她茫然靠着长条的椅背。闯进她的意识的是凌凌乱乱的材料：二十亩田……干枯的野蔷薇……五十三岁……血的潮，肉的进裂……一个大肚子的妇人在敲她的寓所的门……

1932 年 11 月 1 日发表

看月

　　住在上海"弄堂房子"里的人对于月亮的圆缺隐现是不甚关心的。所谓"天井"，不到一丈见方的面积。至少十六支光的电灯每间里总得挂一盏。环境限定，不容你有关心到月亮的便利。走到路上，还没"断黑"已经一连串地亮了街灯。有月亮吧，就像多了一盏灯。没有月亮吧，犹如一盏街灯损坏了，没有亮起来。谁留意这些呢？

　　去年夏天，我曾经说过不大听到蝉声，现在说起月亮，我又觉得许久不看见月亮了。只记得某夜夜半醒来，对窗的收音机已经沉寂，隔壁的"麻将"也歇了手，各家的电灯都已熄灭，一道象牙色的光从南窗透进来，把窗棂印在我的被袱上。我略微感到惊异，随即想到原来是月亮光。好奇地要看看月亮本身，我向窗外望。但是，一会儿月亮被云遮没了。

　　从北平来的人往往说在上海这地方怎么"呆"得住。一切都这样紧张。空气是这样龌龊。走出去很难得看见树木。诸如此类，他们可以举出一大堆。我想，月亮仿佛失掉了这一项，也该列入他们认为上海"呆"不住的理由吧。假若如此，我倒并不同意。在生活的诸般条件里列入必须看月亮一项，那是没有理由的。清旷的襟怀和高远的想象力未必定须由对月而养成。把仰望的双眼移到地面，同样可以收到修养上的效益，而且更见切实。可是我并非反对看月亮，只是说即使不看也没有什么关系罢了。

　　最好的月色我也曾看过。那时在福州的乡下，地当闽江一折的那个角上。某夜，靠着楼栏直望。闽江正在上潮，受着月光，成为水银的洪流。江岸诸山略微笼罩着雾气，好像不是平日看惯的那几座山了。月亮高高停在天空，非常舒泰的样子。从江岸直到我的楼下是一大片沙坪，月光照着，茫然一白，但带点儿青的意味。不知什么地方送来晚香玉的香气。也许是月亮的香气吧，我这么想。我心中不起一切杂念，大约历一刻钟之久，才回转身来。看见蛎粉墙上印着我的身影，我于是重又意识到了我。

　　那样的月色如果能得再看几回，自然是愉悦的事，虽然前面我说过"即使不看也没有什么关系"。

（原载 1933 年 9 月 1 日《中学生》第 37 号）

夏天的雨后

　　逢到夏天，我们都欢迎下雨。只等雨点一停，我们就跑到院子里去，或者外面的低洼处去。刚下的雨水并不凉，赤着脚踏在里边，皮肤上会有一种快感。彼此高兴地践踏着，你溅了我一身，我溅了你一脸。偶然失脚滑倒了，沾了满身的泥，引得旁人一阵哄笑。然而很少因此退缩的，更没有人哭了，多数是越跌越起劲，甚至故意滑倒惹旁人笑。

　　拾蝉、捉青蛙也是雨后有味的事情。蝉经了雨，被冲到地上，伏在草丛里不能飞，很容易拾到。拾了几只回来，放在篾丝笼里，可以随时听它们叫。青蛙平时难得到岸上来，雨后大概因为快活的缘故，多数蹲在草丛中咯咯地叫着。它们非常机警，跳跃也极灵活，一听见声响就急忙跳进水里。得轻轻地走近去，眼快手准，出其不意地把它抓住。有时脚踏不稳，被苔滑倒，沾了一身泥水；等爬起来，青蛙早就溜走了。

　　雨后钓鱼，那就更有趣了。镜子一样平的河水澄清碧绿，有时起一些细碎的波纹。杨柳的枝条倒挂下来拂着河面，点点的水珠时时从树上落下。鸟儿唱着轻快的歌。水草散出一种清爽的气息。我们一面下钓，一面玩赏这种画境，快活得说不出来。我们对于钓鱼并不在行。有时看见浮子动了，急忙提起，却一无所有。有时提起得迟了，被鱼儿白吃了饵去。有时鱼儿已经上了钩，却因提起的方法不对，重又落在河里。然而有时也会钓到很大的鱼，我们就唱着喊着跑回家。

此外还可以采菌。那就非在久雨之后不可了，因为菌类要经过多日的阴雨，才会长出来。每逢久雨初停，村里常常有许多人到野外去采菌。于是我们也戴着草帽，提着竹篮，高高兴兴地跑到田里。不多一会儿工夫，就采满了一篮。回家来炒着吃，或者做汤、下面，味道都是很好的。所以每逢连着下雨，我们就知道有一顿很好的午餐或者晚餐在等着我们了。

1934 年写毕

（选自开明高小国语课本第二册）

我坐了木船

在这一点上，我觉得木船好极了，我可以不说一句讨情的话，不看一副难看的嘴脸，堂堂正正凭我的身份东归。

记游洞庭西山

四月二十三日，我从上海回苏州，王剑三兄要到苏州玩儿，和我同走。苏州实在很少可以玩儿的地方，有些地方他前一回到苏州已经去过了，我只陪他看了可园，沧浪亭，文庙，植园以及顾家的怡园，又在吴苑吃了茶，因为他要尝尝苏州的趣味。二十五日，我们就离开苏州，往太湖中的洞庭西山。

洞庭西山周围一百二十里，山峰重叠。我们的目的地是南面沿湖的石公山。最近看到报上的广告，石公山开了旅馆，我们才决定到那里去。如果没有旅馆，又没有住在山上的熟人，那就食宿都成问题，洞庭西山是去不成的。

上午八点，我们出胥门，到苏福路长途汽车站候车。苏福路从苏州到光福，是商办的，现在还没有全线通车，只能到木渎。八点三刻，汽车到站，开行半点钟就到了木渎，票价两毛。经过了市街，开往洞庭东山的裕商小汽轮正将开行，我们买西山镇夏乡的票，每张五毛。轮行半点钟出胥口，进太湖。以前在无锡鼋头渚，在邓尉还元阁，只是望望太湖罢了，现在可亲身在太湖的波面，左右看望，混黄的湖波似乎尽量在那里涨起来，远处水接着天，间或界着一线的远岸或是断断续续的远树。晴光照着远近的岛屿，淡蓝，深翠，嫩绿，色彩不一，眼界中就不觉得单调，寂寞。

十二点一刻到达西山镇夏乡，我们跟着一批西山人登岸。这里有码头，不像先前经过的站头，登岸得用船摆渡。码头上有人力车，我们不认识去石公山的路，就坐上人力车，每辆六毛。和车夫闲谈，才知道西山只有十辆人力车，一般人往来难得坐的。车在山径中前进，两旁尽是桑树茶树和果木，满眼的苍翠，不常遇见行人，真像到了世外。果木是柿、橘、梅、杨梅、枇杷。梅花开的时候，这里该比邓尉还要出色。杨梅干枝高大，屈伸有姿态，最多画意。下了几回车，翻过了几座不很高的岭，路就围在山腰间，我们差不多可以抚摩左边山坡上那些树木的顶枝。树木以外就是湖面，行到枝叶茂密的地方，湖面给遮没了，但是一会儿又露出来了。

十二点三刻，我们到了石公饭店。这是节烈祠的房子，五间带厢房，我们选定靠西的一间地板房，有三张床铺，价两元。节烈祠供奉全西山的节烈妇女，门前一座很大的石牌坊，密密麻麻刻着她们的姓氏。隔壁石公寺，石公山归该寺管领。除开一祠一寺，石公山再没有房屋，唯有树木和山石而已。这里的山石特别玲珑，从前人有评石三字诀叫做"皱，瘦，透"，用来品评这里的山石，大部分可以适用。人家园林中有了几块太湖石，游人就徘徊不忍去，这里却满山的太湖石，而且是生着根的，而且有高和宽都达几十丈的，真可以称大观了。

饭店里只有我们两个客，饭菜没有预备，仅能做一碗开阳蛋汤。一会儿茶房高兴地跑来说，从渔人手里买到了一尾鲫鱼，而且晚饭的菜也有了，一小篮活虾，一尾很大的鲫鱼。问可有酒，有的，本山自制，也叫竹叶青。打一斤来尝尝，味道很清，只嫌薄些。

吃罢午饭，我们出饭店，向左边走，大约百步，到夕光洞。洞中有倒挂的大石，俗名倒挂塔。洞左右壁上刻着明朝人王鏊所写的寿字，笔力雄健。再走百多步，石壁绵延很宽广，题着"联云幛"三个篆字。高头又有"缥缈云联"四字，清道光间人罗绮的手笔。从这里向下到岸滩，大石平铺，湖波激荡，发出汩汩的声音。对面青青的一带是洞庭东山，看来似乎不很远，但是相距十八里呢。这里叫做明月浦，月明的时候来这里坐坐，确是不错。我们照了相，回到山上，从所谓一线天的裂缝中爬到山顶。转向南往下走，到来鹤亭，下望节烈祠和石公寺的房屋，整齐，小巧，好像展览会中的建筑模型。再往下有翠屏轩。出石公寺向右，经过节烈祠门首，到归云洞。洞中供奉山石雕成的观音像，比人高两尺光景，气度很不坏，可惜装了金，看不出雕凿的手法。石公全山面积一百八十多亩，高七十多丈，不过一座小山罢了，可是山石好，树木多，就见得丘壑幽深，引人入胜。

回饭店休息了一会儿，我们雇一条渔船，看石公南岸的滩面。滩石下面都有空隙，波涛冲进去，作鸿洞的声响，大约和石钟山同一道理。渔人问还想到哪里去，我们指着南面的三山说，如果来得及回来，我们想到那边去。渔人于是张起风帆来。横风，船身向右侧，船舷下水声哗哗哗。不到四十分钟，就到了三山的岸滩。那里很少大石，全是磨洗得没了棱角的碎石片。据说山上很有些殷实的人家，他们备有枪械自卫，子弹埋在岸滩的芦苇丛中，临时取用，只他们自己有数。我们因为时光已晚，来不及到乡村里去，只在岸滩照了几张照片，就迎着落日回船。一个带着三弦的算命先生要往西山去，请求附载，我们答应了。这时候太阳已近地平线，黄水染上淡红，使人起苍茫之感。湖面渐渐升起烟雾，风力比先前有劲，也是横风，船身向左侧，船舷下水声哗哗哗，更见爽利。渔人没事，请算命先生给他的两个男孩子算命。听说两个都生了根，大的一个还有贵人星助命，渔人夫妻两个安慰地笑了。船到石公山，天已全黑。坐船共三小时，付钱一块二毛。饭店里特地为我们点了汽油灯，喝竹叶青，吃鲫鱼和虾仁，还有咸芥菜，味道和白马湖出品不相上下。九时熄灯就寝。听湖上波涛声，好似风过松林，不久就入梦。

二十六日早上六时起身。东南风很大，出门望湖面，皱而暗，随处涌起白浪花。吃过早餐，昨天约定的人力车来了，就离开饭店，食宿小账共计六块多钱。沿昨天来此的原路，我们向镇夏乡而去。淡淡的阳光渐渐透出来，风吹树木，满眼是舞动的新绿。路旁遇见采茶妇女，身上各挂一只篾篓，满盛采来的茶芽。据说这是今年第二回采摘，一年里头，不过采摘四五回罢了。在镇夏乡寄了信，走不多路，到林屋洞，洞口题"天下第九洞天"六个大字。据说这个洞像房屋那样有三进，第一进人可以直立，第二三进比较低，须得曲身而行。再往里去，直通到湖广。凡有山洞处，往往有类似的传说，当然不足凭信。再走四五里，到成金煤矿，遇见一个姓周的工头，峄县人，和剑三是大同乡，承他告诉我们煤矿的大概。这煤矿本来用土法开采，所出烟煤质地很好，运到近处去销售，每吨价六七块钱，比远来的煤便宜得多。现在这个矿归利民矿业公司经营，占地一万七千亩。目前正在开凿两口井，一口深十七丈，又一口深三十丈，彼此相通。一个月以后开凿成功，就可以用机器采煤了。他又说，西山上除开这里，矿产还很多呢。他四十三岁，和我同年，跑过许多地方，干了二十来年的煤矿，没上过矿业学校，全凭实际得来的经验。谈吐很爽直，见剑三是同乡，殷勤的情意流露在眉目间。剑三给他照了个相，让他站在他亲自开凿的井旁边。回到镇夏乡正十一点。付人力车价，每辆一块二毛半。在面馆吃了面，买了本山的碧螺春茶叶，上小茶楼喝了两杯茶，向附近的山径散步了一会儿，这才挨到午后两点半。裕商小汽轮靠着码头，我们冒着狂风钻进舱里，行到湖心，颠簸摇荡，仿佛在海洋里。全船的客人不由得闭目垂头，现出困乏的神态。

（原载 1936 年 5 月 5 日《越风》半月刊第 13 期）

假山

　　佩弦到苏州来，我陪他看了几个花园。花园都有假山，作为园子的主要部分。假山下大都是荷花池。亭台轩榭之类就环拱着假山和池塘布置起来。佩弦虽是中年人，而且身子比较胖，却还有小孩的心性，看见假山总想爬。我是幼年时候爬熟了这几座假山了，现在再没有这种兴致，只是坐定在一处地方对着假山看看而已。

　　假山实在算不得一件好看的东西。乱石块堆叠起来，高高低低，凹凹凸凸，且不说天下决没有这样的山，单说阳光照在上面，明一块，暗一块，支离破碎，看去总觉得不顺眼。石块与石块的胶粘处不能不显出一些痕迹，旧了的还好，新修的用了水门汀，一道道僵白色真令人难受。玄墓山下有一景，叫做"真假山"，是山脚露出一些石块，有洞穴，有皱襞，宛如用湖石堆成的一般。胶粘的痕迹自然没有，走近去看还可以鉴赏山石的"皱法"。然而合着玄墓山一起看，这反而成为一个破绽，跟全山的调子不协调。可观的"真假山"，依我的浅见，要算太湖中洞庭西山的石公山了。那里全山是湖石，洞穴和皱襞俯拾即是，可是浑然一气。又有几十丈高的幛壁，比虎丘"千人石"大得多的石滩，真当得上"雄奇"二字。看了石公山再来看花园里的假山，只觉得是不知哪一个石匠把他的石料寄存在这里罢了。

假山上大都种树木，盖亭子。往往整个假山都在树木的荫蔽之下，而株数并不多，少的简直只有一株。亭子里总得摆一张石桌，可以围坐几个人，一座亭子镇压着整个所谓"山峰"也是常有的事。这就显得非常不相称。你着眼在山一方面，树木和亭子未免太大了，如果着眼在树木和亭子一方面，山又未免小得可笑了。《浮生六记》里的《闲情记趣》开头说：

> 留蚊于素帐中，徐喷以烟，使其冲烟飞鸣，作青云白鹤观，果如鹤唳云端，怡然称快。于土墙凹凸处，花台小草丛杂处，常蹲其身，使与台齐，定神细观。以丛草为林，以虫蚁为兽，以土砾凸者为邱，凹者为壑，神游其中，怡然自得。

这不失为很好的幻想。作者所以能"怡然称快""怡然自得"，在乎比拟得相称。以烟为云，自不妨以蚊为鹤；以丛草为树林，以土砾为邱壑，自不妨以虫蚁为走兽。假若在蚊帐中"徐喷以烟"，而捕一只麻雀来让它逃来逃去，或者以丛草为树林，而让一只猫蹲在丛草之上，这就凝不成"青云白鹤"和"林壑幽深"的幻想，也就无从"怡然"了。假山上长着大树，盖着亭子，情形正跟上面所说的相类。不相称的东西硬凑在一起，只使人觉得是大树长在乱石堆上，亭子盖在乱石堆上而已。

据说假山在花园中起障蔽的作用。如果全园的景物一目了然，东边望得到西边，南边望得到北边，那就太不曲折，太没有深致了。有假山障蔽着，峰回路转，又是一番景象，这才引人入胜。这个话当然可以承认，而且有一些具体的例子证明这个作用的价值。顾家的怡园，靠西一带假山把全园的景物遮掩了，你走到假山的西边去，回廊和旱船显得异常幽静，假山下的一湾水好像是从远处的泉源通过来的（其实就是荷花池中的水），引起你的遐想。还有，拙政园的进园处类似从前衙署中的二门，如果门内留着空旷处所，从园中望出来就非常难看。当初设计的人为弥补这个缺陷，在门内堆了一座假山，使你身在园中简直看不见那一道门。可见假山的障蔽作用确有它的价值。然而障蔽不一定要用假山。在园林建筑上，花墙极受重视，也为它的障蔽作用。墙上砌成各式各样的镂空图案，透着光，约略看得见隔墙的景物。这种"隔而不隔"的手法，假若使用得适当，比较堆假山作障蔽更有意思。此外，丛树也可以作障蔽之用。修剪得法，一丛树木还可以当一幅画看。用假山，固然使花园增加了曲折和深致，但是也引起了一堆乱石之感。利弊相较，孰轻孰重，正难断言。

依传统说法，假山并不重在真有山林之趣，假山本来是假山。路径的盘曲，层次的繁复，凡是山上所有的景物，如绝壁，危梁，岩洞，石屋，应有尽有，正合"麻雀虽小，五脏俱全"的谚语，在这等地方，显出设计的人的匠心。而假山的可贵也就在此。有名的狮子林，大家都说它了不起，就为那假山具有上面所说的那些条件。我小时候还没到过狮子林，长辈告诉我说，那里的假山曲折得厉害，两个人同在山上，看也看得见，手也握得着，但是他们要走到一条路上，还得待小半天呢。后来我去了，虽然不至于小半天，走走的确要好些时间。沿着高下屈曲的路径走，一路上遇见些"具体而微"的山上应有的景物。总之是层次多，阻隔多。就从这个诀窍，产生了两个人看得见而不能立刻碰头的效果。要堆这样一座假山当然不是容易事，不比建筑整整齐齐的房屋，可以预先打好平面和剖面的图样。这大概是全凭胸中的一点意象，堆上了，看看不对就卸下，卸下了，想停当了，再堆上，这样精心经营，直到完工才得休歇。然而不容易的事不一定做成功具有艺术价值的东西。在芝麻大的一粒象牙上刻一篇《陋室铭》，难是难极了，可是这东西终于是工匠的制品，无从列入艺术之林。你在假山上爬来爬去，只觉得前后左右都是石块，逼窄得很。遇见一些峭壁悬崖，你得设想自己缩到一只老鼠那样小才有味。如果你忘不了自己是个人，让躯体跟峭壁悬崖对照，那就像走进了小人国一般，峭壁悬崖再没有什么气魄，只见得滑稽可笑了。爬到"绝顶"的时候，且不说一览宇宙之大，你总要想来一下宽广的眺望吧。但是糟得很，什么堂什么轩的屋顶就挤在你眼前，你可以辨认那遗留在瓦楞上的雀粪。真山真水若是自然手创的艺术品，假山便是人类的难能而不可贵的"匠"制。凡是可以从真山真水得到的趣味，假山完全没有。

看既没有可看，爬又无甚意趣，为什么花园里总得堆一座假山呢？山不可移。叠起一堆乱石来硬叫它山，石块当然不会提抗议。而主人翁便怡然自得，心里想："万物皆备于我矣，我的花园里甚至有了山。"舒服得无可奈何的人往往喜爱"万物皆备于我"，古董，珍宝，奇花，异卉，美人，声伎，样样都要，岂可独缺名山？堆了假山，虽然眼中所见的到底不是山，而心中总之有了山了，于是并无遗憾。兴到时吟吟诗，填填词，尽不妨夸张一点儿，"苍岸千丈"呀，"云气连山"呀，写上一大套征求吟台酬和，作为消闲的一法。这不过随便揣想罢了，从前的绅富爱堆假山究竟是这个意思不是，当然不能说定。

（原载 1936 年 10 月 16 日《宇宙风》半月刊第 27 期）

谈成都的树木

　　前年春间，曾经在新西门附近登城，向东眺望。少城一带的树木真繁茂，说得过分些，几乎是房子藏在树丛里，不是树木栽在各家的院子里。山茶、玉兰、碧桃、海棠，各种的花显出各种的光彩，成片成片深绿和浅绿的树叶子组合成锦绣。少陵诗道："东望少城花满烟，百花高楼更可怜。"少陵当时所见与现在差不多吧，我想。

　　登高眺望，固然是大观，站到院子里看，却往往觉得树木太繁密了，很有些人家的院子里接叶交柯，不留一点儿空隙，叫人想起严译《天演论》开头一篇里所说的"是离离者亦各尽天能，以自存种族而已，数亩之内，战事炽然，强者后亡，弱者先绝"，简直不像布置什么庭园。为花木的发荣滋长打算，似乎可以栽得疏散些。如果处在玩赏的观点，这样的繁密也大煞风景，应该改从疏散。大概种树栽花离不开绘画的观点。绘画不贵乎全幅填满了花花叶叶。画面花木的姿态的美，加上所留出的空隙的形象的美，才成一幅纯美的作品。满院子密密满满尽是花木，每一株的姿致都让它的朋友搅混了，显不出来，虽然满树的花光彩可爱，或者还有香气，可是就形象而言，那是毫无足观了。栽得疏散些，让粉墙或者回廊作为背景，在晴朗的阳光中，在澄彻的月光中，在朦胧的朝曦暮霭中，玩赏那形和影的美，趣味必然更多。

根据绘画的观点看，庭园的花木不如野间的老树。老树经历了悠久的岁月，所受自然的剪裁往往为专门园艺家所不及，有的竟可以说全无败笔。当春新绿茏葱，生意盎然，入秋枯叶半脱，意致萧爽，观玩之下，不但领略他的形象之美，更可以了悟若干人生境界。我在新西门外，住过两年，又常常往茶店子，从田野间来回，几株中意的老树已成熟朋友，看着吟味着，消解了我的独行的寂寞和疲劳。

说起剪裁，联想到街上的那些泡桐树。大概由于街两旁的人行道太窄，树干太贴近房屋的缘故，修剪的时候往往只顾保全屋面，不顾到损伤树的姿态，以致所有泡桐树大多很难看。还有金河街河两岸以及其他地方的柳树，修剪起来总是毫不容情，把去年所有的枝条全都锯掉，只剩下一个光光的拳头。我想，如果修剪的人稍稍有些画家的眼光，把可以留下的枝条留下，该会使市民多受若干分之一的美感陶冶吧。

少城公园的树木不算不多，可是除了高不可攀的楠木林，都受到随意随手的摧残。沿河的碧桃和芙蓉似乎一年不如一年了，民众教育馆一带的梅树，集成图书馆北面的十来株海棠，大多成了畸形，表示"任意攀折花木"依然是游人的习惯。虽然游人甚多，尤其是晴天，茶馆家家客满，可是看看那些"刑余"的花树以及乱生的灌木和草花，总感到进了个荒园似的。《牡丹亭·拾画》出的曲文道"早则是寒花绕砌，荒草成窠。"读着很有萧瑟之感，而少城公园给人的印象正相同。整顿少城公园要花钱，在财政困难的此刻未必有这么一笔闲钱。可是我想，除了花钱，还得有某种精神，如果没有某种精神，即使花了钱恐怕还是整顿不好的。

1945 年 3 月 5 日作

（原载 1945 年《成都市》创刊号）

我坐了木船

从重庆到汉口，我坐了木船。

木船危险，当然知道。一路上数不尽的滩，礁石随处都是。要出事，随时可以出。还有盗匪——实在是最可怜的同胞，他们种地没得吃，有力气没处出卖，当了兵经常饿肚子，没奈何只好出此下策。假如遇见了，把铺盖或者身上衣服带了去，也是异常难处的事儿。

但是，回转来想，从前没有轮船，没有飞机，历来走川江的人都坐木船。就是如今，上上下下的还有许多人在那里坐木船，如果统计起来，人数该比坐轮船坐飞机的多得多。人家可以坐，我就不能坐吗？我又不比人家高贵。至于危险，不考虑也罢。轮船飞机就不危险吗？安步当车似乎最稳妥了，可是人家屋檐边也可能掉下一片瓦来。要绝对避免危险就莫要做人。

要坐轮船坐飞机，自然也有办法。只要往各方去请托，找关系，或者干脆买张黑票。先说黑票，且不谈付出超过定额的钱，力有不及，心有不甘，单单一个"黑"字，就叫你不愿领教。"黑"字表示作弊，表示越出常轨，你买黑票，无异帮同作弊，赞助越出常轨。一个人既不能独个儿转移风气，也该在消极方面有所自守，帮同作弊，赞助越出常轨的事儿，总可以免了吧。——这自然是书生之见，不值通达的人一笑。

再说请托找关系，听人家说他们的经验，简直与谋差使一样地麻烦。在传达室恭候，在会客室恭候，幸而见了那要见的人，他听说你要设法船票或飞机票，爱理不理地答复你说："困难呢……下个星期再来打听吧……"于是你觉着好像有一线希望，又好像毫无把握，只得挨到下个星期再去。跑了不知多少回，总算有眉目了，又得往这一处签字，那一处盖章，看种种的脸色，候种种的传唤，为的是得一份充分的证据，可以去换一张票子。票子到手，身份可改变了，什么机关的部属，什么长的秘书，什么人的本人或是父亲，或者姓名仍旧，或者必须改名换姓，总之要与你自己暂时脱离关系。最有味的是冒充什么部的士兵，非但改名换姓，还得穿上灰布棉军服，腰间束一条皮带。我听了这些，就死了请托找关系的念头。即使饿得要死，也不定要去奉承颜色谋差使，为了一张票子去求教人家，不说我自己犯不着，人家也太费心了。重庆的路又那么难走，公共汽车站排队往往等上一个半个钟头，天天为了票子去奔跑实在吃不消。再说与自己暂时脱离关系，换上别人的身份，虽然人家不大爱惜名器，我可不愿滥用那些名器。我不是部属，不是秘书，不是某人，不是某人的父亲，我是我。我毫无成就，样样不长进，我可不愿与任何人易地而处，无论长期或是暂时。为了跑一趟路，必须易地而处，在我总觉得像被剥夺了什么似的。至于穿灰布棉军服更为难了，为了跑一趟路才穿上那套衣服，岂不亵渎了那套衣服？亵渎的人固然不少，我可总觉不忍。——这一套又是书生之见。

　　抱着书生之见，我决定坐木船。木船比不上轮船，更比不上飞机，千真万确。可是绝对不用请托，绝对不用找关系，也无所谓黑票。你要船，找运输行。或者自己到码头上去找。找着了，言明价钱，多少钱坐到汉口，每一块钱花得明明白白。在这一点上，我觉得木船好极了，我可以不说一句讨情的话，不看一副难看的嘴脸，堂堂正正凭我的身份东归。这是大多数坐轮船坐飞机的朋友办不到的，我可有这种骄傲。

　　决定了之后，有两位朋友特地来劝阻。一位从李家沱，一位从柏溪，不怕水程跋涉，为的是关爱我，瞧得起我。他们说了种种理由，设想了种种可能的障碍，结末说，还是再考虑一下的好。我真感激他们，当然不敢说不必再考虑，只好带玩笑地说"吉人天相"，安慰他们的激动的心情。现在，他们接到我平安到达的消息了，他们也真的安慰了。

1946 年 3 月 28 日作

（原载 1946 年 4 月 7 日《消息半周刊》第 1 期）

从西安到兰州

　　十月三十一日下午二点四十分，火车从西安开，七点十多分到宝鸡。车程一百七十六公里。还没有快车，逢站都停。靠近西安和宝鸡的几站，乘客上下的多，车厢里坐得满满的。中间一段比较空，三个人的座位上有的只坐一个人。乘客里头农民居多。车上的广播室广播保藏红薯的方法，这是认定对象而又很适时的。

　　在咸阳和茂陵两站之间，北面耸起好些个大土堆，轮廓齐整。那是汉唐的陵墓，前些日子我们原想去看一看，可是没有去成。

　　南面远处是秦岭。始而终南山，既而太白山，还有好些个叫不出名儿的峰峦，一路上轮替送迎。那一天轻阴，梨树的红叶和留在枝头的红柿子都不怎么鲜明。秦岭的下半截让厚厚的白云封住。那白云的顶部那么齐平，好像用一支划线尺划过似的。韩昌黎的诗有"云横秦岭"的话，我们亲眼看见了，而且体会到那个"横"字下得实在贴切。露出在云上的峰峦或作淡青色，或作深青色，或只是那么浑然的一抹，或显出凹凸的纹理，看峰峦的远近高低而定。有些云上的峰峦又让白云截断，还有些简直没了顶。那些看得清凹凸的纹理的峰峦，山凹里有积雪。

从咸阳起，铁路始终跟渭河平行，渭河在铁路的南面。因为距离有远近，渭河有时看不见，有时看得见，渭河的水黄浊，看来跟黄河相仿。

就农事而言，铁路两旁的田野好像跟成都平原跟太湖流域都差不多。土色的黄是个显然不同之点，可是土质的肥沃恐怕不相上下。麦苗萌发了，这里那里一方方的嫩绿的绒毯。翠绿的葱绿的是各种蔬菜。林木时而稀时而密，跟方才提起的两个区域比起来，就只是绝对不见竹林，经常看见白杨树——茅盾先生所赞美的傲然挺立的白杨树。

出了宝鸡车站，人力车在新修的开阔的马路上慢慢地前进。两旁店铺灯光不太强，显得安静。马路旁的横路渐渐低下去，坡度不怎么大。心中突然发生一种感觉，仿佛到了四川省沿江的那些城市，虽是初到，很觉亲切。

十一月一日早晨上车站，九点四十分开车，第二天上午十一点到兰州。车程五百零三公里，宝鸡到天水一百五十四公里，天水到兰州三百四十九公里。

在这条路上，最显著的是山崖迫近了，火车尽在丛山间跑。不但在丛山间跑，许多地方还得穿过山跑——这就是说在隧道里跑。隧道多极了，长的短的也不知道有几百个。一会儿电灯亮了，窗外一无所见，轮轨相激的声音特别响亮，仿佛蒙在坛子里似的。一会儿出了隧道，又看见窗外的天光山色。可是才抽得两三口烟，又钻进前一个隧道里了。这样的情形并非少见。最长的是天兰铁路的第四十一号隧道，在关内，数它是第一大隧道。

渭河也迫近了。靠着车窗往往可以低头看水流，或急或缓，或窄或宽，沿河的冲积土上种着庄稼。河中有滩的地方，哗哗的水声也可以听见。渭河怎么样弯曲，铁路就跟着它弯曲。我们的车厢挂在后段，常常看见前面的机车和车厢拐弯，宛如夭矫的龙。

直到陇西，铁路才跟渭河分手，转向西北。陇西以东，铁路绝大部分在渭河北岸，少数几段移到南岸。这就得在渭河上架桥。可惜经过几座渭河大桥在夜间。后来借到《庆祝天兰铁路通车纪念画刊》来看，那几座大桥真配得上"雄姿"这个字眼。桥柱像罗马建筑的柱子那样，下面流着浩浩荡荡的渭河水，上面承着钢梁，简洁壮伟，显出现代工程的美。

不但渭河桥，铁路要跨过深谷也得架桥。那些桥往往是好几座钢塔架承着钢梁，另外一种壮观。至于中型的小型的桥梁，一眨眼间就开过的，说得笼统些，简直不知其数。

铁路既然在山间通过，就得把高低不平的山地凿成近乎水平的路堑，两旁削成斜壁，使土石不至于崩塌。好些斜壁还得加工，或者涂上水泥，或者砌上石片，筑成御土墙。有些地方筑个明洞来防御土石的崩塌。所谓明洞就是并不穿山而过的隧道，筑在山脚下，一壁贴着山，一壁显露在外，开些小穹洞，可以透光。

我们完全不懂铁路工程，照我们想，这条铁路有那么些个艰难的工程，该经过较长的年月才能完工，可是我们知道，从一九五○年的五月到一九五二年的秋天，在不到两年半的时间内，天兰铁路就修成了，一九五二年的国庆前夕提前通车，同时又改善了陷于瘫痪状态的宝天铁路，使西北的大动脉畅通无阻。这是中国人民解放军的七万军工的功劳，这是不止一个民族的两万多民工的功劳，当然，毛主席和其他党政领导人的号召和指示，是工程迅速完成的最重要的因素。请听一听当时的《筑路歌》吧——"树要人来栽，路要人来开，人民天兰路，人民修起来！"唯有人民自己做了主人，彼此团结起来，发挥力量和智慧，什么高山大河都可以征服，要怎么办就怎么办。来睦铁路通车了，成渝铁路通车了，天兰铁路通车了，我们听见这些个消息，那时候的感情跟从前听见什么铁路修成了完全不一样。这一回初次经过宝天铁路和天兰铁路，我们更深切地分享到十万军工民工的成功的喜悦。

为什么说以前的宝天铁路陷于瘫痪状态呢？原来国民党反动政府修筑宝天铁路，工程是很草率的，曲线的半径极小，路基极狭窄，旁壁陡直，隧道大多没有加工衬砌，很多应修桥涵的地方没有修，修了桥涵的，孔径又不大，不能畅泄流水，因而线路常被崩塌的土石阻断，路基常被受阻的流水冲毁。当时名义上虽说通了车，实际上通车的日子很少。一九四九年将要解放的时候，主要桥梁又让蒋匪军给破坏了，于是全线陷于瘫痪状态，只是那么一条烂铁路，简直行不来车。新中国成立以后，一面动手修筑天兰铁路，一面施工恢复宝天铁路，施工期间还是维持通车。弯曲太厉害的线路改了，路基放宽了，旁壁削斜了，该修的御土墙修起来了，隧道加上了衬砌，又加筑了好些个明洞和桥涵，孔径太小的桥涵也改大了，又吸取了苏联的先进经验，做了大规模的排水工程，种了树，种了草，用来保持水土。于是宝天铁路有了新生命，天兰铁路工程的供应运输有了可靠的保证。

据考古家的说法，这一带河谷两岸随着河谷的下降和黄土的冲积，形成台地，史前人类和现在的居民就住在那些台地上。台地可以分作五级。第五级台地高出现在的河面二百到五百公尺，到现在还没发现人类居住过的遗迹。下一级是第四级，那里有史前人类的墓葬。再往下是第三级和第二级，高出现在的河面二十到五十公尺，新石器时代的人类就住在那里，彩陶文化的遗迹非常丰富。第一级是现在的居民居住的地方，高出河面五到二十公尺不等，我们想象那些使用石器陶器的史前人类，他们大概只能沿着河谷活动，走那大家不约而同走出来的道路，而且不可能走得太远。河这一岸的人跟河那一岸的人彼此可以望见身影，可是，恐怕始终不能够聚在一块儿说句话吧。他们的时代距离现在不到五千年，就算它五千年吧，就整个人类历史说，五千年是很短的一会儿。可是现在亮得发青的钢轨横躺在山岭间河谷上了。起初是大家不约而同走出来的道路。随后是有意铺设的道路，可是行走还得凭人力，或者利用畜力。最后才有铁路，铁路把道路机械化了。这五千年的进步多大啊！此外，公路也是机械化的道路，公路上可以开行汽车卡车。河里行了轮船，水路也机械化了。空中本来没有路，自从有了飞机，空中有路了，而且一开头就是机械化。各种机械化的道路掌握在人民手里，人民的物质生活和文化生活更将飞速地提高，那还待说吗？

说得稍稍远点儿了，再来说些所见的景物吧。

一路上两旁的山大都作黄色，少树木，垦成一鳞一鳞的梯田。可是宝鸡往西开头的几站间并不然。那里山上全是树木，同是绿色而浓淡深浅有差别。又掺杂着好些红叶，红叶又分鲜红和淡红。这就够好看的了。再说那些山。不懂地质学的人只好借用画家的皴法来说。那些山的皴法显然不同，这一座是大斧劈皴，那一座是小斧劈皴，这一座是披麻皴，那一座是荷叶筋皴……几乎可以一一指点。皴法不同的好些座山重叠在周围，远处又衬托着两三峰，全然不用皴法，只是那么淡淡的一抹。忽然想起这不跟长江三峡相仿吗，我们坐在火车里就像坐在江船里一样，峰回路转，景象刻刻变换，让你目不暇接。我把这个意思告诉我的同伴。我说，没有走过三峡的，看了这里的景象也就可以知道个大概。一位同伴脱口而出说："这个得拍电影！"是的，语言文字的确难以描写，唯一有彩色活动电影才胜任愉快。

虽说山崖迫近，也有不少地段山崖退得远一些儿。这就是所谓第一级台地吧，全都平铺着各种农作物，当然也有树木和村屋。不用想得太远，至少从周秦时代起，古先的农民就在这里翻垦每一块土，他们的汗滴在每一块土里。前一辈过去了，后一辈接上去，无休无歇，直到如今。我们如今看见的那些平田以及山上一鳞一鳞的梯田，哪一处不留着历代农民改造自然的"手泽"？仔细想来，实在是伟大的事业。最近大家认明了总路线，知道农业要经过社会主义改造，不再像以前那样光靠"一手一足之烈"，要大伙儿合起来搞，要逐步机械化。预想改造完成的时候，农村经过飞跃的改变，景象必然跟如今大不相同，那是更伟大的事业了。

第二天早晨醒来，车正靠站，站名梁家坪，距离兰州只有十多站了。连绵的黄色的山，山顶大多平圆。村落里的房屋用黄土修筑的多，偶然看见用砖瓦的。除了地里的农作物和一些树木，就只见浑然一片的黄。可是将近兰州的时候，景象就不同了。显著的是树木多了，这里一丛，那里一丛，树叶还没有落，苍然成林，其中有拂着地面的垂柳。地里界划着发亮的小溪沟，沟水缓缓地流动。好些地里刚灌过，着潮的土色显得深些。那溪沟里的水是黄河水，用大水车引上来。兰州附近一带用水车引黄河水从明朝开始，据说是一位理学家段容思的儿子段续从西南方面学来的。现在有水车两百多架，每架可以灌五十亩到百把亩。

在兰州附近看见好些地里尽是小卵石或是黑色的小石片，平匀地铺在那里，像富春江的江底。我们不明白那是什么玩意儿，打听人家才知道那是兰州农作方面一种特殊的发明。原来兰州的土地干燥，又含着卤质，遇到旱天虽有沟水灌溉，还是嫌干燥，下过大雨卤质就升起来，都对农事不利。于是发明沙地的办法——把湿沙平匀地铺在地面，上面再铺一层小卵石或是小石片来保持它。在旱天，那沙地有减少蒸发保护幼苗的功用，大雨下过，雨水透过沙地渗到土里，卤质不至于升起来，因而水旱都可以不愁。这是很细致很烦劳的功夫，你想，田地多么大，沙和卵石石片就得铺多么大。可是农民为了生产，愿意下这个又细致又烦劳的功夫。据说铺一回沙可以支持三十年，过了三十年沙老了，必须去掉旧沙，换上新沙。

黄河又见面了，在铁路的北面。几个人在河岸边慢慢地走，各掮着个长方形的架子，比人身高，架子上是些胀鼓鼓的东西，看不太清楚。可是我们立刻想到那是羊皮筏。看，黄河上一个人蹲在羊皮筏上轻飘飘地浮过去了。羊皮筏闻名已久，现在才亲眼看见，心中涌起这一回非试它一下不可的想头。

看图表，兰州海拔一千五百公尺。路上经过的寒水岔金家庄两站最高，都在两千公尺以上。从宝鸡到寒水岔是一路往上爬。

1953 年 12 月 16 日

游临潼

那一天天气晴朗。上午九点过，我们出西安城往临潼。临潼是西安人游息的处所。逢到休假的日子，到那里去洗一个澡，爬一回山，眺望渭河和田野，精神舒快，回来做工作格外有劲儿。

经过浐河和灞河。浐河上跨着浐桥，灞河上跨着灞桥。灞河灞桥都有名。沛公入关，驻军灞上。唐朝人送出京东去的直送到灞桥，在那里设饯，折柳赠别，以灞桥为题材的送行诗也不知道有几多首。浐河比较小，灞河可宽大，虽然秋季水落，靠两边露出了沉沙，浩荡的气势还是很显然。桥是平铺的，一列的方桥墩，一个个的方桥洞，汽车、大车、行人都在桥上过。岸边有些柳树，并不是倒垂拂地的那一种，也许唐朝人所折的柳跟这个不同吧。

从灞桥柳树想起《紫钗记》传奇里的那出《折柳》。霍小玉就在这里送李益，情意缠绵，难舍难分，说灞桥"分明是一座销魂桥"。可是汤玉茗更改了《霍小玉传》的情节，让李益往河西参军，往河西怎么倒朝东走？这与其说是作者的小小疏忽，不如说他舍不得灞桥折柳的故事，定要拿来做他传奇的节目。反正像作画一样，花无正色鸟无名，只要取个意思就成，既是传奇里的动人场面，又何必核实方位，究东问西呢？

在右手边望见一座新建筑，矗起个又高又大的烟囱，形式简净明快，大玻璃窗一排上头又是一排。铁路的支线跟公路交叉，横过去直通到新建筑那里。那是西安第二发电厂，去年十一月间开的工，不到一年工夫，今年十月九日已经举行了庆祝落成发电的剪彩典礼。最新式的设计，最新式的机器，最先进的技术，机械化、自动化达到了很高的程度。厂里现有的设备全部开动起来，发电量等于西安第一发电厂的两倍。在今后的两三年内，西安、咸阳地区的工业生产用电和城市居民用电这就可以充分供应了。

两旁地里的小道上三三两两有人在走动，都汇合到公路上来。老汉衔着旱烟管。老太太带着小孙女儿，手里挂着拐杖，可是脚步挺软爽。壮年男子跑得热了，簇新的青布棉短褂搭在肩上。年轻妇女当然爱打扮，无论留发的剪发的都把头发梳得整整齐齐的，有些个留发的还在发髻旁边插朵菊花。他们大都有说有笑的，瞧那神气好像赴什么宴会。

不但汇合到公路上来的行人越来越多，看，大车也不少呢。一辆大车往往挤着一二十人，偏着身子，挨着肩膀，有些人两条腿挂在车沿，那么一颠一荡地按着韵律前进。骡子拉着重载本来跑得慢，又因出生在乡间，跟汽车还有些生分，见我们的汽车赶过去，它索性停了步。于是赶车的老乡下来遮住骡子的视线，我们的汽车也开得挺慢，那么轻轻悄悄地蹑过去。

打听之后才知道斜口逢集，这些人大都是赶集来的。我们停车去看看。经过一条小道，从一排房子的后面抄过去就是斜口。铺子前面一些摊子已经摆得端端正正了——卖东西的到得早。菜蔬，布匹，饮食，杂用零件，陈设跟一般市集差不多。需要东西的人这边看一看，那边挑些合用的什么，或者坐下来吃一碗泡馍，几乎可以说摩肩接踵，颇有一番热烘烘的景象。市梢头陈列着许多木柜子和门窗槅扇，全是木工的手制品。秋收差不多了，农民们添置个新柜子储藏家用东西，或者买些现成的门窗槅扇把房子刷新一下，这也是改善生活的要求，料想四年以前的市集该不会有这些东西吧。

十点半到临潼。并不进临潼县城，径到华清池。这一带树木比一路上繁茂，苍翠成林。仰望骊山不怎么高，可是有丘壑，有丘壑就有姿致，绿树红叶跟山石配合，俨然入画。从前唐明皇在这里修华清宫，周围起些公卿的邸宅，不致孤单寂寞，于是在华清池洗洗温泉澡，在长生殿跟杨玉环起个鹣鹣鲽鲽的恩爱誓。就享乐方面说，他可真是个老在行。

现在所谓华清池是个紧靠着骊山的花园布置。纯粹中国式，有假山、回廊、花栏、荷池、小桥，亭馆全用彩椽，当然，浴室也包括在里头。花栏里菊花、西番莲、美人蕉开得正有劲儿，还有些粉红的大型月季——这时候还开月季，可见地气之暖。荷池里只剩荷梗了，几只鸭悠然浮在池面。这池水是从温泉引过来的，因而想起"春江水暖鸭先知"的诗句。

我们不急于洗澡，先去爬山。目的在看西安事变那时候蒋介石躲藏的处所。从华清池右边上山。土坡缓缓地屈曲地往上延伸。路不算窄，大概可以并行两辆汽车，是新修的。路旁边栽些槐树。将近半山腰才是比较陡的石级，登完石级就到捉蒋亭。亭子后面朝石壁。亭子里正面上方题一段文字，叙述西安事变前后经过的大略情形。两三个老乡为游人指点蒋介石

躲藏处，其说不一。一个说亭子后面那石壁稍微凹进去像个洞子，那夜晚蒋就像耗子似的躲在里头。一个说他还想往上逃，不知是光脚底跑破了还是挫伤了腰，再也跑不动，只好闪在右手边那块岩石的侧边。听起来总不离这一带石壁。为了掩饰蒋的丑，国民党反动派就在这里修个亭子，取名叫"正气亭"。正气，这是文天祥用来题他的诗歌的，反动派可窃取珍贵的珠花往癞子脑壳上插戴。单是这个冒用美名的罪名，他们就十恶不赦。不过反动派全惯于搞这一套，你看，帝国主义者不是总把他们那些个乌烟瘴气的国度叫作"自由世界"吗？新中国成立以后，据实定名，亭子叫捉蒋亭，连同亭子里的那段文字，可以让游人知道个真情实况。

坐在捉蒋亭的台阶上休息。朝北望去，眼界宽阔极了。明蓝的晴空无边无际。渭河和它的支流界划着远处的平原，安安静静的。近处这里那里一丛丛的树林。地里差不多全种菜蔬，特别肥美，嫩绿浓绿都像起绒似的。通常说锦绣河山，这眼前的景物可真是一幅货真价实的锦绣。

下山吃过饭，在华清池旁边一家小茶馆前喝茶。帆布躺榻，矮矮的桌子，有成都茶馆的风味。茶馆老板是个爱说话的人，偶然问他几句，他就粘在那里舍不得走开。他指着半山腰的捉蒋亭，说当年捉住了蒋介石送西安，就在茶馆门前上的车——穿的单衫，一位弟兄好意，给他穿了件棉军衣。他说："蒋介石这副形容去西安，来的时候可神气呢。一路上两旁布岗位，比电线杆子密得多，上刺刀的枪横在腰间，脸全朝外，他在汽车里只看他们的后脑勺。地里做活的全都让他给赶回去，不问你的活放得下手放不下手。不用说，我们这些小铺子也非关门不可，你得做一天吃一天，那是你的事，他不管。"

模仿了几声枪响之后，茶馆老板接着说："我想，他们准是开会谈不拢，闹翻了。亏得他们闹翻，我这小铺子才得就开门。要是他住在这里过个冬，我怎办？……后来他还来过一趟，照样布岗位，照样赶地里做活的回去，叫铺子关门。他穿一件长袍子，抬起尖下巴朝山上望了一会儿，不知道他想些什么。不多久汽车就开走了……"

茶馆附近有两个水果摊子，带卖菜蔬。曾听说临潼石榴有名，我们就买石榴。摆摊子问要酸的还是甜的。我们说当然要甜的。可是一问价钱，酸的贵一倍。什么道理呢？茶馆老板又有话说了。他说酸石榴什么病都治，妇道人家尤其爱吃。大概病人胃口不好，什么都没味，吃些酸东西倒有爽利的感觉，那是真的。说什么病都治，未免夸张过分了。至于多数妇女爱吃酸是实情，恐怕是生理的关系，不大清楚。我们反正不生病，还是买了甜的，确然甜。

摊子上还有苹果和柿子。柿子分两种。一种是大型的，朱红色，各地常见。一种是小型的，大红色，近似苏州的"金钵盂"和杭州的"火柿儿"。这种小型的柿子在西安市上见过，没注意，这回可注意了，因为联想到苏州的金钵盂。我从小不爱吃那朱红色的大型柿，生一些的，涩味巴着舌头固然难受，熟透了的，那甜味也怪腻，没有鲜洁之感。我只爱吃金钵盂。自从离开了苏州，经常遇见那些大型的，我从来不想拿一个来尝尝，可以说跟柿子绝缘了。现在看见这近似金钵盂的小型柿，不由得回忆起幼年的嗜好。捡一个熟透了的，轻轻地撕去表面那一层大红色的衣，露出朱红色的内皮，还是个柿子的形状，送到嘴里，甜得鲜洁，跟金钵盂一个样，而且没有硬核——金钵盂有硬核，或多或少。这种柿子是临潼的特产，名叫火柿，跟杭州相同。

临潼的菜蔬，白菜、花菜都好，韭黄尤其有名，在西安都吃过了。菜大都肥嫩，咀嚼起来没有骨子，很和润地咽下去。韭黄爽脆极了，咀嚼的时候起一种快感，汁水有些儿甜味，几乎没有那股臭气，吃过之后口齿间又绝不发腻。

茶馆的右手边就是公共浴池。温泉养成了临潼人勤洗澡的习惯，应该有公共浴池满足大众的需要。分男的和女的，都在屋子里，规定每天开闭的时间。我们去看男浴池。一股热气，比澡堂子里的大池子大。屋内光线不太强，可是看得清池水是清澈的。十来个近乎酱赤色的光身子泡在池水里，有几个只透出个脑袋。池沿上也有十来个人，正在擦呀抹的。

于是我们重入华清池。那一天不是星期日，等了大约一刻钟工夫就轮到我们洗澡了，据说星期日买了票等两三个钟头是常事。华清池内也有大池子，浴室分单人的、双人的，还有一间四个人的，美其名曰"贵妃池"。

我和三位朋友挑了贵妃池。

池作长方形，周围全砌白瓷砖。一边一个台阶，没在水里，供洗澡的坐。不坐那台阶而坐在池底，水面齐脖子，四个人的手脚都可以自由舒展，不至于互相碰推。水清极了，温度比福州的温泉和重庆的南温泉、北温泉似乎都高些（我只洗过这三处温泉），可是不嫌其烫。论洗澡是大池子好，你可以舒臂伸腿，转动身躯，让热水轻轻地摩擦你周身的皮肤，同时你享受一种游泳似的快感，在澡盆子里洗差多了，你只能直僵僵地躺在里头让热水泡着，两边紧紧地挨着，不免有些压迫之感。这贵妃池虽然不及大池子宽广，也尽够自由活动了。我们足足洗了三十分钟，轻松舒快，身上好像剥去了一层壳似的。起来之后倒茶壶里的水尝尝。那是煮过的温泉水，清淡，没有什么矿质的气味。

澡洗过了，到夜还有两点来钟，我们去看秦始皇墓。起先车顺着公路开，后来转入田地间的小道。一路上多的是柿子树，柿子承着斜阳显得更鲜明。没有二十分钟工夫就到了秦始皇墓下。那是个极大的土堆，据说地盘有四百亩，原先还要大得多。大略有些像金字塔，缓缓地斜上去，除了土面的草而外，什么也没有。骊山默默地衬托在背面。这一面山上红叶特别多，山容比华清池那边望见的似乎更好看。从墓顶往下望，平原上红柿子宛如秋夜的星星，洋洋大观。听说春天是一片桃花和杏花。

秦始皇墓让古来所谓"发冢"的发掘过好多回了，按《高祖本纪》的记载，项羽是头一个。他们的目的无非在盗些宝物。往后在研究古代文物的整个计划之下，这座陵墓该来一回科学的发掘。前些日子在西安的《群众日报》上看见一位先生的文章，说这一带农家常常捡到古砖，又掘到过埋在地下的古时的排水管，发现过还看得清形制的建筑结构，等等。猜想起来，发掘该不会一无所获，或许竟大有所获，使历史家、考古家高兴得不得了，互相庆幸又得到了可贵的新资料。当然，这只是外行人的想头，未必有价值。——再说句外行话，要是古代通行了火葬，不搞什么坟墓，现代的历史家、考古家至少要短少一大宗重要的凭借吧。

上了车，在小道上开行，忽听当的一声，以为小石子打在钢板上，没有事。可是回头一看，小道上画了很长的一条，是乌绿的机油。车底盛机油的部分破了。于是停车，司机仰着身子钻到车底下去检查。站起来的时候是两泡眼泪，一只手尽拍前额，几乎哭出声来。小道中间高两边低，车底当然接近些地面，车轮子滚过，小石子当然要蹦起来，完全没有理由怪到他，可是爱护公共财物的观念叫他淌了眼泪。

大家说有什么哭的，想办法要紧。吉普车的那司机说机油漏光了，花生油什么的可以代替，油箱的窟窿呢，塞一把土，拿布裹一裹，拴一下，就成了。——听那司机说办法，我立刻想起在巫山下经历的事。那一年冬天从重庆东归，飞机、轮船全没份，我们六十多人雇了两条木船。一天黄昏时分歇碚石，拢岸了，一条木船触着江边的石头，船侧边一个窟窿，饭碗那么大。那时候的惊慌情状不必细说，幸而没有事，只灌湿了好些箱笼书籍。你知道管船的怎么修补那穿了窟窿的破船？一大碗饭，拿块不知从哪里撕下来的布一裹，往窟窿里一塞，再钉上块木板，第二天早晨就照常开船了。急救治疗就有那么一手。

两个司机作急救治疗去了，我们跟几个农民商量油的事情。农民们说村里各家去问问，大家凑一些，不过要六七斤怕凑不齐。一会儿村干部也来了，问明白之后说："总得想办法，保证你们今夜晚回西安。"

太阳落下去了，道旁场上有个四十来岁的农民在收晒在那里的棉花，一大把一大把地往筐子里塞。我们跟他攀谈，不免问长问短，最后请他说说今昔的比较。他把手在筐子边上一按，似笑非笑地说："从前吗，搞出来的东西人家给拿走了，人还不得留在家里。现在搞出来的是自家的了，人也能安安心心地留在家里了。"

他这个话多么简括，说出了最主要的。在今年，他那"自家的"里头包括新盖的房子，新买的一头小牛——他那村子里有八家盖了新房子呢。真的事实，亲身的体会，什么道理都容易搞明白，搞得明白自然能够简括地扼要地说出来。在社会主义改造完成之后，就是这个农民，今天在这里一大把一大把往筐子里塞棉花的，他一定会说："从前吗，一家人勤勤恳恳地搞，可是搞不怎么多，比工人老大哥差得远。现在大伙儿合起来搞，比从前好多了，我们跟得上工人老大哥了！"

凑来的油灌好，汽车开动，已经七点多了。月亮还没升起来，车窗外的景物都成了剪影。老远就望见西安第二发电厂烟囱高头极亮的红灯，那是航空的安全设备。

1953 年 12 月 27 日作

（原载《新观察》第 2 期，署名叶圣陶）

登雁塔

雁塔在西安城外东南面。那天上午十点，我们出西安南门往雁塔。远远望见好些正在兴修的建筑工程，木头构成的工作架跟林木相映衬。听说这些全是文教机关的房屋，西安南郊将来是个文化区。没打听究竟是哪些文教机关，单知道其中有个体育运动场，面积七百多亩，有田径赛场、各种球场、风雨操场、滑冰场、游泳池，可以容纳观众十万人以上——规模够大了。

在以往历史上，有没有一个时期像今天这样在全国范围内搞基本建设的？且不说工矿方面的基本建设，单说机关、学校、公共场所的兴修，修成之后将在那里办理人民的公务，培养少年、青年乃至成人，使他们具有堪以献身的精神体魄，像今天这样的情形在以往历史上有过没有？我不曾下功夫查考，可是我敢于断定不会有。我这个断定从以往社会的性质而来，那时候无非兴修些帝王的宫殿、公侯的第宅、贵介的别墅。或者地主富商修些房子自己住，租给人家收租钱，等于放高利贷。再就是勉强过得去的人家，搭这么三间两间聊蔽风雨。除此而外，哪儿会有为了群众的利益招工动众，大规模地兴修房屋的？

这么想着，不觉雁塔早已在望。原地颇有高下，可是坡度极平缓，车行不感颠簸。不多久就到了雁塔所在的慈恩寺门前。

进门一望，只觉景象跟一般寺院不大一样。殿宇亭台不怎么宏大，空地特别宽广，又有栽得很整齐的林木、蒙络荫翳的灌木丛、略有丘壑之势的小土丘，树荫之下立着好些个埋葬僧人的小石塔，形制古朴有致。这就成个园林的布置，佛殿只是整个园林的一个组成部分，不像杭州的灵隐寺那样，一进门只见回廊、大殿、经院、僧房，虽然并不逼仄，总叫人感觉不太舒畅。多数寺院都属于灵隐寺一派，而这个慈恩寺仿佛一座园林，我说它跟一般寺院不大一样就在此。这寺院当然不是唐朝的旧观，可是眼前的这个布置尽够叫人满意了，何况单提慈恩寺这个名字就叫人发生历史的感情。这是玄奘法师翻译佛经的场所，寺里的雁塔是玄奘法师所倡修，玄奘法师那样艰苦卓绝地西行求法，那样绝对认真地搞翻译工作，永远是中国人的骄傲，永远是中国人的一种典范，谁信佛法谁不信佛法并没关系。

台阶两旁立着好些题名碑，题名的是明清两朝乡试中举的人。唐朝有新进士雁塔题名的故事，后代人似乎非摹仿一下不可，可是京城不在西安，新进士不会在西安会集，于是轮到新举人。写篇记，刻块碑，把名字附上，也算表示了他们的显荣和雅兴。看那些记文，说法都差不多。本来就是那么一回事，题材那么枯窘，有什么新鲜的意思好说的？我们不耐一一细看，我们登雁塔要紧。

雁塔在慈恩寺的后院。不知道实测究竟有多高，相传是三百尺，耸然立在那里。塔作方形，共七层，一层比一层缩进些，叫人起稳定之感。每层每面有个拱形的门框。最下一层的门框是进塔去的过道，东南西北四面都可以进去。从第二层起，四面门框全装栅栏，游人可以靠着栅栏眺望。我们从南面的拱门进去，走完过道，塔中心空无所有，只靠墙架着两架扶梯。扶梯作直角的曲折，几个曲折才到第二层。猜想所以架两架扶梯之故，一来是游人多的时候可以分散些，二来是最下一层地位宽，容得下两架扶梯，两架扶梯之外还大有回旋余地，你看，从第二层起就只一架扶梯了。

杜工部《同诸公登慈恩寺塔》诗中有"仰穿龙蛇窟，始出枝撑幽"的句子，写的正是从最下一层往上爬的印象。那里过道比较深，进去的光线不多，骤然走进去尤其觉得昏暗。于是杜老想象这么昏暗的所在该是龙蛇的窟穴吧。到了第二层，光线从四面而来，就觉得豁然开朗，出了"幽"境——"枝撑"指塔内的木材构筑。

第二层齐扶梯的顶铺地板，以上五层都一样。有了这地板，才可以走到拱门那里，爱望哪一面就往哪一面，又可以歇歇脚，透透气，再往上爬。要是没有这地板，扶梯接扶梯一直往上，且不说没法从从容容地眺望一番，开开眼界，就是从下朝上、从上朝下望望，那么一个又高又空的塔中心，那么些曲折不尽的扶梯，就够叫人目眩心惊腿软的了——地板稳定了游人的情绪，无论在哪一层，仿佛在一间楼房里似的。

同伴说我力弱，不必爬到第七层，爬这么两三层就可以了。我也想，如果要勉强而行——而且是过分地勉强，那当然不必。可是我升高一层歇一会儿，四面望望，再升高一层，虽然呼吸不怎么平静，心跳越来越强，两条腿越来越重，总还觉得支持得下，没有什么大不了，结果我居然爬上了第七层。可以说是勉强而行，然而不是过分地勉强。在某些场合——比游览重要得多的场合，只要意志坚强，有时候连过分地勉强也有所不避，勉强让意志给克服了，也无所谓勉强了。

在最高一层四望，因为天气浓阴，空中浮着云气，只觉一片混茫，正如杜老诗中所说的"俯视但一气"，南面既望不见终南山，朝西北望，贴近的西安城市也不太清楚。至于杜老所说的"七星在北户，河汉声西流"，那根本是想象，并非他登塔当时的实景。我们未尝不可以作同样的想象，这么想象就好像我们自身扩大了，其大无外的宇宙也不见得怎么大似的。

一层一层下去当然比上来容易，可是每下一层也得歇一歇，免得头昏眼花。出了最下一层的拱门，我们坐在台阶上休息。坐不久又不免站起来看看，原来拱门内过道的石壁上全是刻字，起初挤在游人丛中急于登塔，竟不曾留意。刻的大多是诗篇，各体的诗，各体的书法，各个朝代的年号，还有各个风雅的题壁人的名字。这且不说，单说一点。后代的题壁人见壁上早已刻满，再没空地位，就把自己的文字刻在前代人的题壁上，你小字，我大字，你细笔画，我粗笔画，总之，抹杀你的，光有我的。这样强占豪夺的风雅，未免风雅过分了。

最下一层四面拱门的门楣上都有石刻画，我以为最值得细看。刻的是佛故事，人物和背景全用细线条阴刻。依我外行人的见解，细线条的画最见功夫，你必须在空白的幅面上找到最适当最美妙的每一条线条的位置，丝毫游移不得，你的手腕又必须恰好地描出每一条线条，丝毫差错不得，太弱太强也不成。所以画家必须先在心目中创造完美的形象，又有得心应手的熟练技巧，才能够画成细线条的好作品。最近故宫博物院布置绘画馆，在第一陈列室的正中间挂一小幅敦煌发现的唐朝人的佛像图，全用细线条，我看了很中意。现在这门楣上的石刻画，可以说跟绘画馆的那一幅同一格调，同一造诣。雁塔经过几次重修，连层数也有所改动，建筑材料当然有所更换，可是一般相信底层没大动，门楣石该是唐朝的原物，石上的图画该是唐朝人的手笔。这就无怪乎跟敦煌保藏的唐画相类了。据梁思成先生《敦煌壁画中所见的古代建筑》那篇文章，西面门楣上的画以佛殿为背景，精确地画出柱、枋、斗拱、台基、椽檐、屋瓦以及两侧的回廊，是极可珍贵的建筑史料，可以窥见盛唐时代的建筑规模。

南面拱门两旁，各陈列一块褚遂良写的碑。石壁凹陷进去，砌成龛形，碑立在里面，前面装栅栏，使游人可望而不可即。一块是唐太宗所撰的《大唐三藏圣教之序》，一块是唐高宗所撰的《大唐三藏圣教序记》——这块碑从左往右一行一行地写，有些特别，用意在跟前一块碑对称，成为"合欢式"。褚遂良的书法不用说，单说那碑石经历了一千四百年，文字还很完整，笔画还有锋棱，可见石质之坚致。西安好些石碑大都如此，大概用的"青石出自蓝田山"的青石吧。向来玩碑的无非揣摩书法，考证故实，注意到碑额、碑趺和碑旁的装饰雕刻是比较后起的事情。其实好些古碑的装饰雕刻尽有好作品，大可供研究雕刻艺术的人观摩。就是这两块褚碑，两边的蔓草图案工整而不板滞，已经很够味了。碑趺的天人舞乐的浮雕尤其可爱。那是浮雕而超乎浮雕，有些部分竟是凌空的立体。雕刻不怎么工细，可是人物的姿态极其生动，舞带回环，仿佛在那里飘动似的。两碑雕的都是一个舞蹈的在中间，奏乐的分在两边（一块上是奏管乐，一块上是奏弦乐），两两对称，显出图案的意味。碑额雕的什么，可恨我的记忆力太差，记不起了，只好不说。

曲江池在慈恩寺东面不远。曲江池这个名字在唐朝人的诗里见得很多，其地既然近在眼前，我们应当去看看。

一路上陂陀起伏，车时而上行，时而下行——所谓黄土平原原不像操场、运动场那样平。在比较高的地点眺望，只见四面地势高起，环抱着一块低洼地，田亩而外就是树林。虽然时令在秋季，浓阴笼罩着茂密的林木，倒叫人发生阳春烟景的感觉。我们知道这就是所谓曲江池了。曲江原是个人工池，水是浐河的水，唐玄宗开元年间引过来的。到唐朝末年，大概是通道阻塞了，池就干了，变为田亩。

在盛唐时代，这曲江池四围尽是公侯第宅，楼台亭榭大多临水，花柳相映，水光明澈，繁华景象可以想见。曲江池又是当时长安人游乐处所，逢到三月上巳、九月重阳，游人尤其多，不论贫富贵贱，大家要来应个景儿。池中荡着彩船，堤上挤着车马，做生意的陈列着四方货品，走江湖的表演着各种杂技，吹弹歌唱，玩球竞马，凡是享受取乐的玩意儿，在这里集了个大成。又因当时河西走廊畅通，文化交流极盛，形形色色都搀杂着异域的情调和色彩，更见得这里来凑个热闹可喜可乐。——照我猜想，当时情形大概跟《彼得大帝》影片里的某些场面相仿，逢到节日良辰，皇帝、贵族还肯跟庶民混在一块儿寻欢取乐，不摆出肃静回避、容我独享的臭架子。按封建时代说，这就很不错了。

至于现在，游了慈恩寺、登了雁塔的，多半要来曲江池走走，慈恩寺和曲江池自然联成个没有名称没有围墙的公园。这是个普通的星期日，而且天气阴沉，可是曲江池游人尽多。这边是一队少年先锋队在且行且唱，那边是一批工人在闲步眺望，机关里的男女干部，乡村里的小姑娘、老太太，结伴而来，兴致挺好，笑语嘻嘻哈哈的，脚步轻轻松松的。几年以来，大家已经养成习惯，工作的日子出劲工作，休假的日子认真玩乐。郊外既然有这么个好所在，谁不爱来走一走、乐一乐？一条马路正在修筑，从城里的解放路（东半边的南北干路）直通雁塔，城里人出来更方便了。一方面体育运动场也快完工。将来逢到四野花开的时节，春季晴朗的日子，或者运动会举行的期间，城里人必将倾城空巷而出，乡里人也必闹闹挤挤地出来享受他们的一份儿。这样的盛况是可以预想的。既有这新时代的盛况，封建时代的盛况也就没有什么可以留恋了。

　　曲江池附近有一道陷落五六丈的土沟，王宝钏的"寒窑"就在沟里。王宝钏原是"亡是公""乌有先生"一流人物，她的"寒窑"当然在"无何有之乡"，可是偏有人要指实它，足见戏剧影响社会之深。舞台上既然演《别窑》和《探窑》，那"寒窑"怎能没有个实在地点？《宝莲灯》里有劈山救母的故事，就有人在华山上指明斧劈的处所（这是听人说的，并未亲见），理由也在此。我们走下土沟去看，原来是个小小的庙宇，中间供泥塑女像，上面挂"有求必应"的匾额，王宝钏成了神了。身份虽然改变，实际还是一样——神不是也属于"亡是公""乌有先生"一流吗？庙宇实在没有什么可看，倒是庙门前的两棵白杨值得赏玩，又高又挺拔，气概非凡。回到原上看，那两棵白杨的上截高过原面一丈左右。

1954 年 1 月 21 日作

（原载《新观察》第 4 期，署名叶圣陶）

游了三个湖

　　这回到南方去，游了三个湖。在南京，游玄武湖，到了无锡，当然要望望太湖，到了杭州，不用说，四天的盘桓离不了西湖。我跟这三个湖都不是初相识，跟西湖尤其熟，可是这回只是浮光掠影地看看，写不成名副其实的游记，只能随便谈一点儿。

　　首先要说的，玄武湖和西湖都疏浚了。西湖的疏浚工程，做的五年的计划，今年四月初开头，听说要争取三年完成，每天挖泥船轧轧轧地响着，连在链条上的兜儿一兜兜地把长远沉在湖底里的黑泥挖起来。玄武湖要疏浚，为的是恢复湖面的面积，湖面原先让淤泥和湖草占去太多了。湖面宽了，游人划船才觉得舒畅，望出去心里也开朗。又可以增多鱼产。湖水宽广，鱼自然长得多了。西湖要疏浚，主要为的是调节杭州城的气候。杭州城到夏天，热得相当厉害，西湖的水深了，多蓄一点儿热，岸上就可以少热一点儿。这些个都是顾到居民的利益。顾到居民的利益，在从前，哪儿有这回事？只有现在的政权，人民自己的政权，才当做头等重要的事儿，在不妨碍国家社会主义工业化的前提之下，非尽可能来办不可。听说，玄武湖平均挖深半公尺以上，西湖准备平均挖深一公尺。

其次要说的，三个湖上都建立了疗养院——工人疗养院或者机关干部疗养院。玄武湖的翠洲有一所工人疗养院，太湖边上到底有几所疗养院，我也说不清。我只访问了太湖边中犊山的工人疗养院。在从前，卖力气淌汗水的工人哪有疗养的份儿？害了病还不是咬紧牙关带病做活，直到真个挣扎不了，跟工作、跟生命一齐分手？至于休养，那更是做梦也想不到的事儿，休养等于放下手里的活闲着，放下手里的活闲着，不是连吃不饱肚子的一口饭也没有着落了吗？只有现在这时代，人民当了家，知道珍爱创造种种财富的伙伴，才要他们疗养，而且在风景挺好、气候挺适宜的所在给他们建立疗养院。以前人有句诗道，"天下名山僧占多"。咱们可以套用这一句的意思说，目前虽然还没做到，往后一定会做到，凡是风景挺好、气候挺适宜的所在，疗养院全得占。僧占名山该不该，固然是个问题，疗养院占好所在，那可绝对地该。

又其次要说的，在这三个湖边上走走，到处都显得整洁。花草栽得整齐，树木经过修剪，大道小道全扫得干干净净，在最容易忽略的犄角里或者屋背后也没有一点儿垃圾。这不只是三个湖边这样，可以说哪儿都一样。北京的中山公园、北海公园不是这样吗？撇开园林、风景区不说，咱们所到的地方虽然不一定栽花草，种树木，不是也都干干净净，叫你剥个橘子吃也不好意思把橘皮随便往地上扔吗？就一方面看，整洁是普遍现象，不足为奇。就另一方面看，可就大大值得注意。做到那样整洁决不是少数几个人的事儿。固然，管事的人如栽花的，修树的，扫地的，他们的勤劳不能缺少，整洁是他们的功绩。可是，保持他们的功绩，不让他们的功绩一会儿改了样，那就大家有份，凡是在那里、到那里的人都有份。你栽得整齐，我随便乱踩，不就改了样吗？你扫得干净，我嗑瓜子乱吐瓜子皮，不就改了样吗？必须大家不那么乱来，才能保持经常的整洁。解放以来属于移风易俗的事项很不少，我想，这该是其中的一项。回想过去时代，凡是游览地方、公共场所，往往一片凌乱，一团肮脏，那种情形永远过去了，咱们从"爱护公共财物"的公德出发，已经养成了到哪儿都保持整洁的习惯。

现在谈谈这回游览的印象。

出玄武门，走了一段堤岸，在岸左边上小划子。那是上午九点光景，一带城墙受着晴光，在湖面和蓝天之间划一道界限。我忽然想起四十多年前头一次游西湖，那时候杭州靠西湖的城墙还没拆，在西湖里朝东看，正像在玄武湖里朝西看一样，一带城墙分开湖和天。当初筑城墙当然为的防御，可是就靠城的湖来说，城墙好比园林里的回廊，起掩蔽的作用。回廊那一边的种种好景致，亭台楼馆，花坞假山，游人全看过了，从回廊的月洞门走出来，瞧见前面别有一番境界，禁不住喊一声"妙"，游兴益发旺盛起来。再就回廊这一边说，把这一边、那一边的景致合在一块儿看也许太繁复了，有一道回廊隔着，让一部分景致留在想象之中，才见得繁简适当，可以从容应接。这是园林里修回廊的妙用。湖边的城墙几乎跟回廊完全相仿。所以西湖边的城墙要是不拆，游人无论从湖上看东岸或是从城里出来看湖上，就会感觉另外一种味道，跟现在感觉的大不相同。我也不是说西湖边的城墙拆坏了。湖滨一并排是第一公园至第六公园，公园东面隔着马路，一带相当齐整的市房，这看起来虽然繁复些儿，可是照构图的道理说，还成个整体，不致流于琐碎，因而并不伤美。再说，成个整体也就起回廊的作用。然而玄武湖边的城墙，要是有人主张把它拆了，我就不赞成。不知道为什么，我总觉得那城墙的线条，那城墙的色泽，跟玄武湖的湖光、紫金山覆舟山的山色配合在一起，非常调和，看来挺舒服，换个样儿就不够味儿了。

这回望太湖，在无锡鼋头渚，又在鼋头渚附近的湖面上打了个转，坐的小汽轮。鼋头渚在太湖的北边，是突出湖面的一些岩石，布置着曲径蹬道，回廊荷池，丛林花围，亭榭楼馆，还有两座小小的僧院。整个鼋头渚就是个园林，可是比一般园林自然得多，何况又有浩渺无际的太湖做它的前景。在沿湖的石上坐下，听湖波拍岸，挺单调，可是有韵律，仿佛觉得这就是所谓静趣。南望马迹山，只像山水画上用不太淡的墨水涂上的一抹。我小时候，苏州城里卖芋头的往往喊"马迹山芋艿"。抗日战争时期，马迹山是游击队的根据地。向来说太湖七十二峰，据说实际不止此数。多数山峰比马迹山更淡，像是画家蘸着淡墨水在纸面上带这么一笔而已。至于我从前到过的满山果园的东山，石势雄奇的西山，都在湖的南半部，全不见一丝影儿。太湖上渔民很多，可是湖面太宽阔了，渔船并不多见，只见鼋头渚的左前方停着五六只。风轻轻地吹动桅杆上的绳索，此外别无动静。大概这不是适宜打鱼的时候。太阳渐渐升高，照得湖面一片银亮。碧蓝的天空中飘着几朵若有若无的薄云。要是天气不好，风急浪涌，就会是一幅完全不同的景色。从前人描写洞庭湖、鄱阳湖，往往就不同的气候、时令着笔，反映出外界现象跟主观情绪的关系。画家也一样，风雨晦明，云霞出没，都要研究那光和影的变化，凭画笔描绘下来，从这里头就表达出自己的情感。在太湖边作较长时期的流连，即使不写什么文章，不画什么画，精神上一定会得到若干无形的补益。可惜我来也匆匆，去也匆匆，

只能有两三个钟头的勾留。

　　刚看过太湖，再来看西湖，就有这么个感觉，西湖不免小了些儿，什么东西都挨得近了些儿。从这一边看那一边，岸滩，房屋，林木，全都清清楚楚，没有太湖那种开阔浩渺的感觉。除了湖东岸没有山，三面的山全像是直站到湖边，又没有衬托在背后的远山。于是来了个总的印象：西湖仿佛是盆景，换句话说，有点儿小摆设的味道。这不是给西湖下贬辞，只是直说这回的感觉罢了。而且盆景也不坏，只要布局得宜。再说，从稍微远一点儿的地点看全局，才觉得像个盆景，要是身在湖上或是湖边的某一个所在，咱们就成了盆景里的小泥人儿，也就没有像个盆景的感觉了。

湖上那些旧游之地都去看看，像学生温习旧课似的。最感觉舒坦的是苏堤。堤岸正在加宽，拿挖起来的泥壅一点儿在那儿，巩固沿岸的树根。树栽成四行，每边两行，是柳树、槐树、法国梧桐之类，中间一条宽阔的马路。妙在四行树接叶交柯，把苏堤笼成一条绿荫掩盖的巷子，掩盖而绝不叫人觉得气闷，外湖和里湖从错落有致的枝叶间望去，似乎时时在变换样儿。在这条绿荫的巷子里骑自行车该是一种愉快。散步当然也挺合适，不论是独个儿、少数几个人还是成群结队。以前好多回经过苏堤，似乎都不如这一回，这一回所以觉得好，就在乎树补齐了而且长大了。

　　灵隐也去了。四十多年前头一回到灵隐就觉得那里可爱，以后每到一回杭州总得去灵隐，一直保持着对那里的好感。一进山门就望见对面的飞来峰，走到峰下向右拐弯，通过春淙亭，佳境就在眼前展开。左边是飞来峰的侧面，不说那些就山石雕成的佛像，就连那山石的凹凸、俯仰、向背，也似乎全是名手雕出来的。石缝里长出些高高矮矮的树木，苍翠，茂密，姿态不一，又给山石添上点缀。沿峰脚是一道泉流，从西往东，水大时候急急忙忙，水小时候从从容容，泉声就有宏细疾徐的分别。道跟泉流平行，道左边先是壑雷亭，后是冷泉亭，在亭子里坐，抬头可以看飞来峰，低头可以看冷泉。道右边是灵隐寺的围墙，淡黄颜色，道上多的是大树，又大又高，说"参天"当然嫌夸张，可真做到了"荫天蔽日"。暑天到那里，不用说，顿觉清凉，就是旁的时候去，也会感觉"身在画图中"。自己跟周围的环境融和一气，挺心旷神怡的。灵隐的可爱，我以为就在这个地方。道上走走，亭子里坐坐，看看山石，听听泉声，够了，享受了灵隐了。寺里头去不去，那倒无关紧要。

　　这回在灵隐道上大树下走，又想起常常想起的那个意思。我想，无论什么地方，尤其在风景区，高大的树是宝贝。除了地理学、卫生学方面的好处而外，高大的树又是观赏的对象，引起人们的喜悦不比一丛牡丹、一池荷花差，有时还要胜过几分。树冠和枝干的姿态，这些姿态所表现的性格，往往很耐人寻味。辨出意味来的时候，咱们或者说它"如画"，或者说它"入画"，这等于说它差不多是美术家的创作。高大的树不一定都"如画""入画"，可是可以修剪，从审美观点来斟酌。一般大树不比那些灌木和果树，经过人工修剪的不多，风吹断了枝，虫蛀坏了干，倒是常有的事，那是自然的修剪，未必合乎审美观点。我的意思，风景区的大树得请美术家鉴定，哪些不用修剪，哪些应该修剪。凡是应该修剪的，动手的时候要遵从美术家的指点，唯有美术家才能就树的本身看，就树跟环境的照应配合看，决定怎么样叫它"如画""入画"。我把这个意思写在这里，希望风景区的管理机关考虑，也希望美术家注意。我总觉得美术家为满足人民文化生活的要求，不但要在画幅上用功，还得扩大范围，对生活环境的布置安排也费一份心思，加入一份劳力，让环境跟画幅上的创作同样地美——这里说的修剪大树就是其中一个项目。

1954 年 12 月 18 日作

（原载 1955 年 1 月 22 日《旅行家》月刊第 1 期）

坐羊皮筏到雁滩

初次看见羊皮筏的照片在二十年前。凭这个东西可以在水上行动，像陆上坐车似的，虽然没有什么不相信，总觉得有些儿特别，有些儿异感。再说这个东西的构造也看不大清楚，胀鼓鼓的仿佛一笼馒头，说是羊皮，可不知道怎么搞的。这回到兰州，才亲眼看见羊皮筏，而且坐了羊皮筏过渡到雁滩——雁滩是黄河中的沙洲。

羊皮筏用的是整张的羊皮。我说整张，也许会引起误会，会叫人家想起做皮袄皮袍子的皮料那样的整张。因而必须赶紧说明，并不是那样展开的整张。打个比方，好比蛇蜕下来的皮，蛇爬到别处去了，蜕下来的皮留着，虽然那么瘪瘪的，可还是蛇的形状——是那样保持着原状的整张。宰羊的人剥羊皮（不用说，羊毛先剃光了），让羊皮从肌肉骨骼上蜕下来，整张上只有四个窟窿。前肢在膝盖的部位切断，一边一个窟窿，脑袋去掉，脖子的部位一个大窟窿。两条后肢全去掉，臀部的一个窟窿更大。把三个窟窿拴紧，留下一个吹气（为方便起见，当然在前肢的两个里头留一

129

个），吹足了气也把它拴紧。于是成了个长形的气囊，还看得出羊身体的形状。

四个或五六个气囊并排连成一排，看羊皮的大小而定。又把三排气囊直里连起来，就成个长方形的连结体。一个连结体少则十二个气囊，多则十五六个。在这连结体上平铺一个长方形的木架，用绳子系着。木架的结构像个横写的"册"字——当然只是大略的比拟罢了，"册"字底下没有一画，可是那架子底下有一画，"册"字只有四直，可是那架子有十多直，两直之间的距离比人的脚短些，一只脚可以在两直上踏稳。这就齐全了，羊皮筏的装置尽在于此了。

不知道一个羊皮筏有多重。看来不会太重，因为筏工用一条扁担支着它，把它背在背上，一只手按住扁担的另一头，走起来挺轻松的。有人雇乘了，讲好价钱，筏工就把它放在河沿水面上，让乘客跨上去。

还有牛皮筏，我们没看见。听说牛皮筏是装重载的，支起篷帐，里面住人，顺流而下驶往宁夏。要是把牛皮筏比作运货大卡车，那么羊皮筏就是小汽车，坐这么几个人，在近处兜兜罢了。

我们听过朋友的解说，说羊皮筏非常稳当，绝对保险，虽然看起来有些异样，跟习惯的船只很少相同之点。我们跨上去，有些晃荡，可是不比西湖里的小划子晃荡得厉害。照惯例，乘客应当两只脚踏在两条横木上，身体蹲下来，着力在两条腿上。我腿力不济，没法蹲，只好一屁股坐下来，下面贴着木条和羊皮。我们四个人，加上筏工跟一个附载的挑面粉的，筏上共载六个人。

羊皮筏吃水极浅，所以能贴近沙滩，便于上下。羊皮筏有弹力，碰着滩石就弹开来，不至于撞破，就是撞破了一个气囊，还有其他十几个气囊在，影响并不大。羊皮筏的底跟面一般大小，就是在水势大风浪猛的时候，也不过跟着波浪上落而已，无论如何打不翻。我们坐在羊皮筏上谈着这些个，觉得非常稳当的说法确然属实。还有一层，我们想，要是兰州一带羊肉的消费量不怎么大，恐怕也不会有什么羊皮筏吧。

筏工把扁担插入黄流，悠然划着——扁担的身份改变了，它又是桨，又是舵。雁滩横在前面，林木繁茂，金黄色的斜阳照着，一派气爽秋高的景象。对岸的山耸列在雁滩背后，沉默之中透着庄严。朝左望上游，朝右望下游，虽然秋季水落，还是有浩荡渺茫的气势。

身下的羊皮筏太藐小了，不妨看作没有这个羊皮筏，于是我们觉得我们跟大自然更亲密了，我们浮在水面上，我们的呼吸跟黄河的流动、连山的沉默、青天的明朗息息相通。往年在四川乐山，渡江游凌云山、乌尤山，方当水涨，小划子在开阔之极的波面上晃荡，我也曾有过同样的感觉。

没有十分钟工夫就到了雁滩。从前没住人的时候，这河中的沙洲当然是雁栖息之所——雁滩原是个写实的名称。同时又富有诗意画意，古来取雁宿洲渚为题材的也不知道有几多诗篇画幅。现在滩上住着好些人家，都以种菜为业，又有公家的农场苗圃，雁大概不会下来栖息了吧。可是雁滩还是个挺耐人寻味的名称。

我们先往农场。果树上没有什么果子了，可是会客室桌子上陈列着两大盘苹果，色彩不一，又好看又大，几乎可以说耀人眼睛。招待我们的一位同志说场里苹果的品种很多，盘子里是四种。又说果子都藏在地窖里了，数量不多，还不能普遍供应。又说农场的任务之一是推广优良品种，兰州产瓜果本来有名，再在选择品种上下功夫，前途更光明了。他一边说一边让我们尝苹果，尝了一种又尝一种，把四种尝遍。

最大型的一种叫"大元帅"——这名称大概就从大型而来，皮作红绿两色，红的地方鲜红，绿的地方翠绿，味甜，入口有松爽的感觉。另一种叫"印度"，皮纯青色，入口爽脆极了，鲜美极了。第三种叫"青香蕉"，跟"印度"一样作纯青色，稍稍淡些，带着香蕉的香味。第四种叫"玉霞"，皮作黄色——像半熟的香蕉那样的黄色，口味也挺不错。很难说四种里头哪一种更好，很难想起以往吃过的苹果也有这么好，一时间尝到这些个好品种，真可以说此游一乐。

尝着好苹果，同时想起幼年吃的苹果。那是四五十年前的事了。中秋前后，苏州水果铺里苹果上市了，至多不过陈列这么五六十个，红绿色的表皮上大多印着黄锈的瘢痕，大的有铜元那么大。无所谓这种那种的分别，只知道这叫作天津苹果，老远地走海道来的。吃这种苹果也无须用刀子削皮。一般人都用大拇指的指甲从果柄的部分刮到结蒂的部分，好比在地球图上画经线，把整个苹果刮遍。于是表皮就可以撕下来。把撕了皮的苹果送到嘴边一口一口地啃，酥极了，宛如吃豆沙包子，舌头上辨得出细沙似的颗粒，咽下去有饱的感觉。我小时候以为苹果就该那么吃，苹果的味道就是那么不爽不利、粘舌腻喉的，老实说，我对苹果没有多大好感。后来在上海吃新鲜苹果，方才领略到苹果的爽脆和鲜美，好就好在这个爽脆和鲜美，小时候的认识完全不是那么一回事，可是历年吃的新鲜苹果也不算少，仿佛全比不上这回在雁滩吃的。

在雁滩谈起瓜，没吃瓜，可是在别处吃了。兰州的瓜太好了，不能不连带说一说。我要说的叫绿瓤甜瓜，属于香瓜一类。香瓜一类跟西瓜一类的主要不同点，瓤和肉可以划然分开，不像西瓜那样肉连着瓤，没有显著的界限。咱们吃西瓜吃它的瓤，吃香瓜不吃瓤，吃它的肉。这些都是大家知道的，不必细说。

香瓜一类通常有黄金瓜、翠瓜，大略有些儿香味，不怎么甜，有的绝然不甜，上市的时候，咱们也爱尝一尝，应个景儿，可是总不能成为咱们的嗜好。

离苏州三十六里有个乡镇叫甪直，我在那里住过好几年，那里出产一种苹果瓜，形状像苹果，小饭碗那么大，青皮绿肉，比一般黄金瓜甜些，苏州一带认为名贵的品种，实际上也不过如此。

兰州的绿瓤甜瓜也大略像苹果，有儿童玩的小足球那么大，皮作白色，白里带黄，并不好看，切开来可好看了，嫩绿的肉好像上品的翡翠。咬一口那嫩绿的肉，水分多，味道甜而鲜，稍稍咀嚼几下，就那么和润地咽下去，仿佛没有什么质料似的。吃过一两块，只觉得甜美清凉直透心脾，真可以说无上的享受。这种瓜可以久藏，到春节的时候拿出来，是绝妙的岁朝清赏。

还得说一说哈密瓜。兰州市街在一个拐角处聚集着好些家回民开设的铺子，贩卖新疆的土产特产，哈密瓜就在那里买。哈密瓜也属于香瓜一类，形状像橄榄球，大小也相当。皮作暗绿色，粗糙，有细碎的并不深刻的裂纹。切开来，肉作淡黄色——也可以说淡红色，跟南瓜差不多。甜味似乎比绿瓤甜瓜厚些，不如绿瓤甜瓜的清，水分也比较少些。哈密瓜声名很大，在往时，绝大多数人仅闻其名，不知道究竟是怎么样一件东西。往后交通日益发展，铁路网像蜘蛛网似地结起来，一方面产地讲究培植，提高产量，我想，哈密瓜和兰州的绿瓤甜瓜、"大元帅"之类必然会在各地水果铺里出现，家喻户晓，像广东香蕉、天台柑橘一个样。

说得远了，现在回到雁滩。我们吃过苹果，就出来随处看看。这里是苹果树，那里是梨树、桃树。白杨的苗木密密地插在那里，只看见平行的直干子。沙路旁边的槐树伸展着近乎羽状的叶片。垂柳倒挂下来，叶子一动不动，虽然到了深秋时节，仿佛还不预备凋零似的。四围寂然，只听见黄河流动的静静的声音。

　　这雁滩是兰州人游息的地方，尤其在夏天。工作人员逢到假日来这里消磨这么一天半天，好在四围全有树木，无论上午下午都可以遮荫，沙地上坐坐躺躺又是挺舒服的。放暑假的学生几乎把这里看作第二学校，大伙聚在一块儿，看一回书，做一回游戏，开一个什么会，比平时的学校生活还要愉快。兰州夏天本来不怎么热，这雁滩尤其凉爽。在这凉爽的境界里，看那庄严静穆的山峦、浩荡渺茫的黄河，看那山光水色随着朝晚阴晴而变化，简直是精神上洗一回澡，洗得更见清新，更见深湛。

　　好些个农民挑着满担的花菜往河边，搭乘羊皮筏。那花菜是才在地里割的，赶紧挑出去，下一天早晨兰州市上就有"还没断气"的新鲜花菜。

　　暮色压下来了，压着连山，压着林木，压着黄河，也压着我们的眉梢。于是我们又跨上羊皮筏。

1954 年 1 月 10 日作

（原载《新观察》第 3 期，署名叶圣陶）

黄山三天

　　我游黄山只有三天，真用得上"窥豹一斑"那个成语。可是我还是要写这篇简略的游记，目的在劝人家去游。有心研究植物的可以去。我虽然说不清楚，可是知道植物种类一定很多。山高将近两千公尺，从下层到最高处该可以把植物分成几个主要的族类来研究。研究地质矿石的也可以去。谁要是喜欢爬山翻岭，锻炼体力和意志，那么黄山真是个理想的地方。那么多的山峰尽够你爬的，有几处相当险，需要你付出十二分的小心，满身的大汗。可是你也随时得到报酬，站在一个新的地点，先前见过的那些山峰又有新的姿态了。就说不为以上说的那些目的，光到那里去看看大自然，山啊，云啊，树木啊，流泉啊，也可以开开眼界，宽宽胸襟，未尝没有好处。

　　从杭州依杭徽公路到黄山大约三百公里。公共汽车可以到黄山南边脚下的汤口，小包车可以再上去一点儿，到温泉。温泉那里有旅馆。山上靠北边的狮子林那里也有旅馆。山上中部偏南的文殊院原来可以留宿，一九五二年烧毁了，现在就文珠院原址建筑旅馆，年内可以完工。住狮子林便于游黄山的北部和西部，住文殊院便于游中部，主要是天都峰和莲花峰。

上山下山的路上全都铺石级，宽的五六尺，窄的不到三尺。路在裸露的大石上通过，就凿石成级。大石面要是斜度大，凿成的石级就非常陡，旁边或者装一道石栏或者拦一条铁索。山泉时时渗出，石上潮湿，路旁边又往往是直下绝壁，这样的防备是必要的。

现在约略说一说我们所到的几处地方。写游记最难叫读者弄清楚位置和方向，前啊，后啊，左啊，右啊，说上一大堆，读者还是捉摸不定。我想把它说清楚，恐怕未必真能办到。我们所到的地点，温泉最南，狮子林最北，这两处几乎正直。我们走的东路，先到温泉东边的苦竹溪，在那里上山。一路取西北方向，好比是直角三角形的一条弦，经过九龙瀑、云谷寺，最后到狮子林住宿，那里的高度大约一千七百公尺。这段路据说是三十多里。第二天下了一天的雨，旅馆楼窗外一片白茫茫，什么都看不见。台阶前几棵松树，有时只显出朦胧的影子，有时也完全看不见。偶尔开门，雾气就卷进屋来。当然没法游览了，只好守在小楼上听雨。第三天放晴，我们登了狮子林背面的清凉台，又登了狮子林偏东南的始信峰，然后大体上向南走，到了光明顶。在这两三个钟点内，我们饱看了"云海"。有些游客在山上守了好几天，要看"云海"，终于没看成，怏怏而下。我们不存一定要看到的想头，却碰巧看到了。在光明顶南望天都峰和莲花峰，天都在东，莲花在西，两峰之间就是文殊院。从前有人说天都最高，有人说莲花最高，据说最近实测，光明顶最高。那里正在建筑房屋，准备测量气象的人员在那里经常工作。我们绕过莲花峰的西半边到文殊院，又绕过天都峰的西南脚，一路而下，回到温泉。说绕过，可见这段路的方向时时改变，可是大体上还是向南。从狮子林曲折向南，回到温泉，据说也是三十多里。我们所到的只是黄山东半边靠南的部分，整个黄山究竟有多大，我没有参考什么图籍，说不上。

以下就前一节提到的分别记一点儿。

九龙瀑曲折而下，共九截，第二截最长。形式很有致，可惜瘦些。山泉大的时候，应该更可观。附带说一说人字瀑。人字瀑在温泉旅馆那儿。高处山泉流到大石壁的顶部，分为左右两道，沿着石壁的边缘泻下，约略像个人字。也嫌瘦，瘦了就减少了瀑布的意味。

云谷寺没有寺了，只留寺基。台阶前有一棵异萝松，说是树上长着两种不同形状的叶子。我们仔细察看，只见一枝上长着长圆形的小叶子，跟绝大部分的叶子不同。就绝大部分的叶子形状和翠绿色看来，那该是柏树，不知道为什么叫它松。年纪总有几百岁了。

清凉台和始信峰的顶部都是稍微向外突出的悬崖，下边是树木茂密的深壑。站脚处很窄，只能容七八个人，要不是有石栏杆，站在那儿不免要心慌。如果风力猛，恐怕也不容易站稳。文殊院前边的文殊台比较宽阔些，可是靠南突出的东西两块大石，顶部凿平，留着边缘作自然的栏杆，那地位更窄了，只能容两三个人。光明顶虽是黄山最高处，却比较开阔平坦，到那里就像在平地上走一样。

我们就在前边说的几处地方看"云海"。望出去全是云，大体上可以说铺平，可是分别开来看，这边荡漾着又细又缓的波纹，那边却涌起汹涌澎湃的浪头，千姿万态，尽够你作种种想象。所有的山全没在云底下，只有几座高峰露顶，作暗绿色，暗到几乎黑，那自然可以想象作海上的小岛。

在光明顶看天都峰和莲花峰，因为是平视，看得最清楚。就岩石的纹理看，用中国画的术语就是就岩石的皴法看，这两个峰显然不同。天都峰几乎全都是垂直线条，所有线条排得相当密，引起我们一种高耸挺拔的感觉。莲花峰的岩石大略成莲花瓣的形状，一瓣瓣堆叠得相当整齐，就整个峰看，我们想象到一朵初开的莲花。莲花峰这个名称不知道是谁给取的，居然形容得那么切当。

前边说我们绕过莲花峰的西半边到文殊院，这条路很不容易走。道上要经过鳌鱼背。鳌鱼背是巨大的岩石，中部高起，坡度相当大。凿在岩石上的石级又陡又窄，右手边望下去是绝壁。下了鳌鱼背穿过鳌鱼洞，那是个天然的洞，从前人修山路就从洞里通过去。出了洞还得爬上百步云梯，又是很陡很险的石级。这才到达文殊院。

从文殊院绕过天都峰的西南脚，这条路也不容易走。极窄的路介在石壁之间，石壁渗水，石级潮湿，立脚不稳就会滑倒。有几处石壁倾斜，跟对面的石壁构成个不完整的山洞，几乎碰着我们的头顶，我们就非弓着身子走不可。

走完了这段路，我们抬头望爬上天都峰的路，陡极了，大部分有铁链条作栏杆。我们本来不准备上去，望望也够了。据说将要到峰顶的时候有一段路叫鲫鱼背，那是很窄的一段山脊，只容一个人过，两边都没依傍，地势又那么高，心脏不强健的人是决不敢过的。一阵雾气浮过，顶峰完全显露，我们望见了鲫鱼背，那里也有铁链条。我想，既然有铁链条，大概我也能过去。

我们也没上莲花峰。听说登莲花峰顶要穿过几个洞，像穿过藕孔似的。山峰既然比作莲花，山洞自然联想到藕孔了。

现在说一说温泉。我到过的温泉不多，只有福州、重庆、临潼几处。那几处都有硫磺味。黄山的温泉却没有。就温度说，比那几处都高些，可也并不热得叫人不敢下去。池子里小石粒铺底，起沙滤作用，因而水经常澄清。坐在池子里的石块上，全身浸在水里，只露出个脑袋，伸伸胳膊，擦擦胸脯，温热的感觉遍布全身，舒畅极了。这个温泉的温度据说自然能调节，天热的时候凉些，天凉的时候热些。我想这或许是由于人的感觉，泉水的温度跟大气的温度相比，就见得凉些热些了。这个猜想对不对，不敢断定。

我们在狮子林宿两宵，都盖两条被。听雨那一天留心看寒暑表，清早是华氏六十度，后来升到六十二度。那一天是八月二十九日。三十一日回到杭州，西湖边是八十六度。黄山上半部每年三月底四月初还可能下雪，十一月间就让冰雪封了。最适宜上去游览的当然是夏季。

1955 年 9 月 5 日作

（原载《旅行家》第 9 期，署名叶圣陶）

记金华的两个岩洞

今年四月十四日，我在浙江金华，游北山的两个岩洞，双龙洞和冰壶洞。洞有三个，最高的一个叫朝真洞，洞中泉流跟冰壶、双龙上下相贯通，我因为足力不济，没有到。

出金华城大约五公里到罗店。那里的农业社兼种花，种的是茉莉、白兰、珠兰之类，跟我们苏州虎丘一带相类，但是种花的规模不及虎丘大。又种佛手，那是虎丘所没有的。据说佛手要那里的土培植，要双龙泉水灌溉，才长得好，如果移到别处，结成的佛手就像拳头那么一个，没有长长的指头，不成其为"手"了。

过了罗店就渐渐入山。公路盘曲而上，工人正在填石培土，为巩固路面加工。山上几乎开满映山红，比较盆栽的杜鹃，无论花朵和叶子，都显得特别有精神。油桐也正开花，这儿一丛，那儿一簇，很不少。我起初以为是梨花，后来认叶子，才知道不是。丛山之中有几脉，山上砂土作粉红色，在他处似乎没有见过。粉红色的山，各色的映山红，再加上或深或淡

的新绿，眼前一片明艳。

　　一路迎着溪流。随着山势，溪流时而宽，时而窄，时而缓，时而急，溪声也时时变换调子。入山大约五公里就到双龙洞口，那溪流就是从洞里出来的。

　　在洞口抬头望，山相当高，突兀森郁，很有气势。洞口像桥洞似的作穹形，很宽。走进去，仿佛到了个大会堂，周围是石壁，头上是高高的石顶，在那里聚集一千或是八百人开个会，一定不觉得拥挤。泉水靠着洞口的右边往外流。这是外洞，因为那边还有个洞口，洞中光线明亮。

　　在外洞找泉水的来路，原来从靠左边的石壁下方的孔隙流出。虽说是孔隙，可也容得下一只小船进出。怎样小的小船呢？两个人并排仰卧，刚合适，再没法容第三个人，是这样小的小船。船两头都系着绳子，管理处的工友先进内洞，在里边拉绳子，船就进去，在外洞的工友拉另一头的绳子，船就出来。我怀着好奇的心情独个儿仰卧在小船里，遵照人家的嘱咐，自以为从后脑到肩背，到臀部，到脚跟，没一处不贴着船底了，才说一声"行了"，船就慢慢移动。眼前昏暗了，可是还能感觉左右和上方的山石似乎都在朝我挤压过来。我又感觉要是把头稍微抬起一点儿，准会撞破了额角，擦伤了鼻子。大约行了二三丈的水程吧（实在也说不准确），就登陆了，那就到了内洞。要不是工友提着汽油灯，内洞真是一团漆黑，什么都看不见。即使有了汽油灯，还只能照见小小的一搭地方，余外全是昏暗，不知道有多么宽广。工友以导游者的身份，高高举起汽油灯，逐一指点内洞的景物。首先当然是蜿蜒在洞顶的双龙，一条黄龙，一条青龙。我顺着他的指点看，有点儿像。其次是些石钟乳和石笋，这是什么，那是什么，大都依据形状想象成仙家、动物以及宫室、器用，名目有四十多。这是各处岩洞的通例，凡是岩洞都有相类的名目。我不感兴趣，虽然听了，一个也没有记住。

有岩洞的山大多是石灰岩。石灰岩经地下水长时期的浸蚀，形成岩洞。地下水含有碳酸，石灰岩是碳酸钙，碳酸钙遇着水里的碳酸，就成酸性碳酸钙。酸性碳酸钙是溶解于水的，这是岩洞形成和逐渐扩大的缘故。水渐渐干的时候，其中碳酸分解成水和二氧化碳气跑走，剩下的又是固体的碳酸钙。从洞顶下垂，凝成固体的，就是石钟乳，点滴积累，凝结在洞底的，就是石笋，道理是一样的。唯其如此，凝成的形状变化多端，再加上颜色各异，即使不比做什么什么，也就值得观赏。

在洞里走了一转，觉得内洞比外洞大得多，大概有十来进房子那么大。泉水靠着右边缓缓地流，声音轻轻的。上源在深黑的石洞里。

查《徐霞客游记》，霞客在崇祯九年（一六三六）十月初十日游三洞。郁达夫也到过，查他的游记，是一九三三年十一月十二日。达夫游记说内洞石壁上"唐宋人的题名石刻很多，我所见到的，以庆历四年的刻石为最古。……清人题壁，则自乾隆以后绝对没有了，盖因这里洞，自那时候起，为泥沙淤塞了的缘故"。达夫去的时候，北山才经整理，旧洞新辟。到现在又是二十多年了，最近北山再经整理，公路修起来了，休憩茶饭的所在布置起来了，外洞内洞收拾得干干净净。我去的那一天是星期日，游人很不少，工人、农民、干部、学生都有，外洞内洞闹哄哄的，要上小船得排队等候好一会儿。这种景象，莫说徐霞客，假如达夫还在人世，也一定会说二十年前决想不到。

我排队等候，又仰卧在小船里，出了洞。在外洞前边休息了一会儿，就往冰壶洞。根据刚才的经验，知道洞里潮湿，穿布鞋非但容易湿透，而且把不稳脚。我就买一双草鞋，套在布鞋上。

从双龙洞到冰壶洞有石级。平时没有锻炼，爬了三五十级就气吁吁的，两条腿一步重一步了，两旁的树木山石也无心看了。爬爬歇歇直到冰壶洞口，也没有数一共多少级，大概有三四百级吧。洞口不过小县城的城门那么大，进了洞就得往下走。沿着石壁凿成石级，一边架设木栏杆以防跌下去，跌下去可真不是玩儿的。工友提着汽油灯在前边引导，我留心脚下，踩稳一脚再挪动一脚，觉得往下走也不比向上爬轻松。

忽然听见水声了，再往下没有多少步，声音就非常大，好像整个洞里充满了轰轰的声音，真有逼人的气势。就看见一挂瀑布从石隙吐出来，吐出来的地方石势突出，所以瀑布全部悬空，上狭下宽，高大约十丈。身在一个不知道多大的岩洞里，凭汽油灯的光平视这飞珠溅玉的形象，耳朵

143

里只听见它的轰轰，脸上手上一阵阵地沾着飞来的细水滴，这是平生从未经历的境界，当时的感受实在难以描述。

再往下走几十级，瀑布就在我们上头，要抬头看了。这时候看见一幅奇景，好像天蒙蒙亮的辰光正下急雨，千万枝银箭直射而下，天边还留着几点残星。这个比拟是工友说给我听的，听了他说的，抬头看瀑布，越看越有意味。这个比拟比较把石钟乳比作狮子和象之类，意境高得多了。

在那个位置上仰望，瀑布正承着洞口射进来的光，所以不须照灯，通体雪亮。所谓残星，其实是白色石钟乳的反光。

这个瀑布不像一般瀑布，底下没有潭，落到洞底就成伏流，是双龙洞泉水的上源。

现在把徐霞客记冰壶洞的文句抄在这里，以供参证。"洞门仰如张吻。先投杖垂炬而下，滚滚不见其底。乃攀隙倚空入。忽闻水声轰轰，秉炬从之，则洞之中央，一瀑从空下坠，冰花玉屑，从黑暗处耀成洁彩。水穴石中，莫稔所去。乃依炬四穷，其深陷逾朝真，而屈曲少逊。"

1957 年 10 月 25 日作

（原载 1957 年 11 月 22 日《旅行家》月刊第 11 期）

登赐儿山

　　赐儿山距离张家口市区三里光景。据市文化局所编的《名胜古迹》，这座山海拔一千零五公尺，山上有云泉寺，始建于明朝洪武二十六年（公元 1393 年）。随着山势，高高低低建筑好些殿宇，都不怎么大，石级小道曲折可通。多数殿宇里供奉道教的神像，如果按《封神榜》来指认，该说得清谁是谁。最高的一座殿宇是玉皇殿，就高度说，大约已经超过半山腰。佛教的殿宇，有一座里佛像最多。小小的三间，有塑像，有壁上的画像，三世如来和地藏菩萨在正中，韦驮站在左边，面朝内。我们几个人戏言，他们大概是厉行精简节约，故而大家挤在一块儿。

　　赐儿山有水洞冰洞，在半山腰石崖下。两个洞真可以说相距咫尺，可是洞里的情形却全不一样。水洞里泉水下滴，积在洞底，据说有两公尺深，寒冬也不冻结。冰洞里泉水结成冰，上面盖着灰沙，望进去好像铺一块平石板，据说炎夏也不融化。相距那么近，而温凉互异，这是什么道理，可惜没有人给我们作解释。两个洞的前边有两棵大柳树，水洞左上方的石隙中伸出一棵大榆树，相传是元榆明柳。树身那么大，历年那么久，毫无衰老意味，枝叶繁茂，叶色葱绿，给人一种青春盛年的印象。那棵大榆树生根在石隙中，得不到多少土，而能欣欣向荣，尤其奇妙。或许是得到泉水的滋润之故吧。坐在柳荫下，喝水洞里的水沏的茶，其味甘美。张家口市的居民逢到休假的日子，常到这里或是距离市区七里光景的水母宫玩儿。

　　水洞冰洞果然奇，古老的榆树柳树也值得欣赏，但是在这赐儿山上眺望，还有一种景色叫你喜欢赞叹，想得很远很远。张家口市东北西三面全是山，峰峦重叠，山色越远越淡。我们站在半山腰，远望那些峰峦，全都染上绿色。那绿色是草吗？不是，是近几年来尤其是今年"大跃进"中新栽的树。照原来的计划，全都绿化那些峰峦需要三十多年。照今年"大跃进"的规模，可只要三年，就是说，再加两年工夫，就可以做到全部绿化了。某一座山归某机关负责，某一座山归某学校包下来，全都有了着落。眼前已经是山山有绿意，试想两年以后，不将像江南的山一样地郁郁葱葱吗？这是自古以来没有的事，是破天荒的事。那些峰峦耸起在那里，也说不清经历了多少年，在那么悠久的时间里，哪曾跟树木有过缘分？也不必想到远古的人，只从修筑了长城那时候想起，戍守长城的兵士，进出长城的行旅，历代以来不知有多少人，他们中间谁曾见过那些峰峦上染上绿色，像今天我们所见到的？说真的，我感动极了，不待思索，作成如下一首诗：

　　　叠岭重峰自古然，长城亦复二千年。
　　　望中景色空前史，绿树新栽遍万山。

1958 年 6 月 10 日

146

苏州园林

　　苏州园林据说有一百多处，我到过的不过十多处。其他地方的园林我也到过一些。倘若要我说说总的印象，我觉得苏州园林是我国各地园林的标本，各地园林或多或少都受到苏州园林的影响。因此，谁如果要鉴赏我国的园林，苏州园林就不该错过。

　　设计者和匠师们因地制宜，自出心裁，修建成功的园林当然各各不同。可是苏州各个园林在不同之中有个共同点，似乎设计者和匠师们一致追求的是：务必使游览者无论站在哪个点上，眼前总是一幅完美的图画。为了达到这个目的，他们讲究亭台轩榭的布局，讲究假山池沼的配合，讲究花草树木的映衬，讲究近景远景的层次。总之，一切都要为构成完美的图画而存在，决不容许有欠美伤美的败笔。他们惟愿游览者得到"如在画图中"的美感，而他们的成绩实现了他们的愿望，游览者来到园里，没有一个不心里想着口头说着"如在画图中"的。

　　我国的建筑，从古代的宫殿到近代的一般住房，绝大部分是对称的，左边怎么样，右边也怎么样。苏州园林可绝不讲究对称，好像故意避免似的。东边有了一个亭子或者一道回廊，西边决不会来一个同样的亭子或者一道同样的回廊。这是为什么？我想，用图画来比方，对称的建筑是图案画，不是美术画，而园林是美术画，美术画要求自然之趣，是不讲究对称的。

苏州园林里都有假山和池沼。假山的堆叠，可以说是一项艺术而不仅是技术。或者是重峦叠嶂，或者是几座小山配合着竹子花木，全在乎设计者和匠师们生平多阅历，胸中有丘壑，才能使游览者攀登的时候忘却苏州城市，只觉得身在山间。至于池沼，大多引用活水。有些园林池沼宽敞，就把池沼作为全园的中心，其他景物配合着布置。水面假如成河道模样，往往安排桥梁。假如安排两座以上的桥梁，那就一座一个样，决不雷同。池沼或河道的边沿很少砌齐整的石岸，总是高低屈曲任其自然。还在那儿布置几块玲珑的石头，或者种些花草：这也是为了取得从各个角度看都成一幅画的效果。池沼里养着金鱼或各色鲤鱼，夏秋季节荷花或睡莲开放，游览者看"鱼戏莲叶间"，又是入画的一景。

苏州园林栽种和修剪树木也着眼在画意。高树与低树俯仰生姿。落叶树与常绿树相间，花时不同的多种花树相间，这就一年四季不感到寂寞。没有修剪得像宝塔那样的松柏，没有阅兵式似的道旁树：因为依据中国画的审美观点看，这是不足取的。有几个园里有古老的藤萝，盘曲嶙峋的枝干就是一幅好画。开花的时候满眼的珠光宝气，使游览者感到无限的繁华和欢悦，可是没法说出来。

游览苏州园林必然会注意到花墙和廊子。有墙壁隔着，有廊子界着，层次多了，景致就见得深了。可是墙壁上有砖砌的各式镂空图案，廊子大多是两边无所依傍的，实际是隔而不隔，界而未界，因而更增加了景致的深度。有几个园林还在适当的位置装上一面大镜子，层次就更多了，几乎可以说把整个园林翻了一番。

游览者必然也不会忽略另外一点，就是苏州园林在每一个角落都注意图画美。阶砌旁边栽几丛书带草。墙上蔓延着爬山虎或者蔷薇木香。如果开窗正对着白色墙壁，太单调了，给补上几竿竹子或几棵芭蕉。诸如此类，无非要游览者即使就极小范围的局部看，也能得到美的享受。

苏州园林里的门和窗，图案设计和雕镂琢磨功夫都是工艺美术的上品。大致说来，那些门和窗尽量工细而决不庸俗，即使简朴而别具匠心。四扇，八扇，十二扇，综合起来看，谁都要赞叹这是高度的图案美。摄影家挺喜欢这些门和窗，他们斟酌着光和影，摄成称心满意的照片。

苏州园林与北京的园林不同，极少使用彩绘。梁和柱子以及门窗栏杆大多漆广漆，那是不刺眼的颜色。墙壁白色。有些室内墙壁下半截铺水磨方砖，淡灰色和白色对衬。屋瓦和檐漏一律淡灰色。这些颜色与草木的绿色配合，引起人们安静闲适的感觉。花开时节，更显得各种花明艳照眼。

可以说的当然不只以上这些，这里不再多写了。

（原载《百科知识》1979 年第 4 期。略有删节。

原题为《拙政诸园寄深眷——谈苏州园林》）

林区二日记

8月8日立秋，上午10点过，我们在牙克石登火车，往大兴安岭林区。牙克石在大兴安岭西边，我们要去的甘河在大兴安岭东边，相距三百五十公里。先经过草原地带，各种草开各色花，就像是到处飞舞着嬉春的彩蝶。既而两旁有散立的松树和白桦了，有缓缓起伏的冈陵了，冈陵上松树和白桦成林。下午4点光景到岭顶站，看站名就知道这儿是这条线路的最高处。在站上望岭北，满眼是绿，多宽广的林海啊！于是我得到两句诗："连山林绿真成海，满地花鲜胜似春。"

一路上逢站停车，停车的时候往往交车。开过来的车全装木材，截得长短如一，叠得整整齐齐。在岭顶站就见一列车蜿蜒而上，出没在林海之中，像一条龙。从前人赞美出山的泉水，因为泉水出了山就要去沾溉大地。这些出山的木材啊，要送到全国各地，支援各方各面的基本建设，同样值得赞美。而木材不会像泉水那样自己跑出去，这就该转而赞美伟大的人力了。听牙克石的萨书记说，从第一个五年计划时期到如今，大兴安岭林区已经输出木材二千万立方米。

身到大兴安岭，才发觉平时的想象错了，同行的人差不多都有这个感觉。从一个"岭"字，就想象到秦岭那样岩峦磅礴，长江三峡那样峰岩重叠，哪里知道完全不对，就是站在岭顶上，前瞻后顾，也只见缓缓起伏的绿浪而已。别处山上树木杂，长得参差，又兼有一搭没一搭的，就见得山形勾勒分明。大兴安岭的林木，百分之八十以上是落叶松，长得整齐，而且略无缺处，远远望去，漫山遍野铺着绿色的绒毯，使群山的线条显得那么柔和，几乎难分界划。我作了这样一首诗：

　　母林绿暗幼林鲜，嫩绿草原相映妍。

　　间以桦林挺银干，画家着笔费精研。

我想同样是绿，要分明暗老嫩，这不太容易着笔。而明暗老嫩的界划不甚分明，又加一重难处。至于白桦林，我觉得那些银亮的笔直的线条，掺杂在各各不同而又非常融和的绿色里头，仿佛很调和似的，用画笔来描绘，要是线条生硬一些，选用颜料欠一些斟酌，怕就表现不出那调和的意味，甚至会显得刺目。当然，这只是外行人替画家担忧的想头。

再说落叶松，平时从没想到松里头也有落叶树，总以为松柏联称，凡是松全都是四季青青的。既然落叶，可以想象凉秋而后，整个林区将会变为挺立着亿万株冲天直干的冰雪世界。改换冬装就改得那么彻底。听说落叶松的球果，每颗是三十二个鳞片，每个鳞片有两粒种子。种子长着翅膀，乘风而飞，能达一百米。靠种子的飞翔自然繁殖后代，也不知道经过了多少年岁。可是现在人们采集了种子种在苗圃里，培育成幼苗，再移植到别处去。人工繁殖当然能够称人的心意，环境安排，日常养护，都可以尽往好的方面做，其结果是得到成长较快质量更好的木材。木材用作煤矿的坑木是一大宗，其他如枕木和电线杆，还有房屋的梁和柱子，也多用落叶松。松树皮可以提炼单宁，在化学工业方面，是一种极重要的原料。

白桦的用处也不小。木材可以制高级的胶合板，中含糖分很多，可以制糖。树皮可以提炼汽油，总之，如果列一张综合利用表，项目要多很多，我弄不明白，只好从阙。那白桦皮非常可爱，像是细银丝编排成的，闪闪发亮。剥去银亮的外层，里层作玉润的象牙色，纹理那么匀净细腻，叫你不敢心粗气浮随便把它撕破。无论外层内层，如果取作室内的护壁，我以为比糊上花纸漂亮，雅致。不知道有没有建筑家考虑过。

树木当然不止落叶松、白桦两种，还有榆、柳、青杨、樟子松之类，所占成数不大，只是附庸而已。

火车到达甘河在夜间 12 点，我们已经入睡了。第二天清早，林业局十几位同志来相迎，到局中小憩，并进早餐。解放之初，就在林区成立三个林业局，工人仅有两千多。逐步发展，到现在已经有二十五个局，三个筹备处，干部工人共有十万二千人。各个局是独立的企业单位，由林业管理局统辖。局在林区分设若干林场，为管理的分支机构。林场又分设若干工段，实做采伐运输培育各项工作。这么多的人深入林区，还有家属，一切生活上的需要都得供应，文化教育上的需要也必须满足，因而一个林业局不仅是一个企业单位，实际上就是一个新的市镇。跟许多矿区垦区水利工程区一样，从前是渺无人烟，仅有自然景物，如今建设起新的市镇，千千万万人在那里安居乐业，为社会主义事业尽力：想想这情景，是多么伟大的转变啊！

进早餐的时候，听说有一位鄂伦春族的青年干部，从鄂伦春自治旗来的，我们就拉他过来，请他边吃边谈。他叫泉博胜，中学毕业，身体壮健，面目清秀，穿一身蓝布制服，说汉话挺流畅。他说鄂伦春族从前过部落生活，每个部落七八户，部落长由大家公推。猎获野兽，平均分配，没有争执。向不定居，哪里有野兽就赶到哪里。麻疹和风湿病是可怕的病患，敬撒满神求治，当然没有什么效果。拿猎获的野货跟外间换一些日用品，受尽人家的欺侮和剥削，不忍细说。新中国成立以后才像登了天。鄂伦春自治旗建立起来了，到今年国庆节是十周年，族人聚居在旗里的有一千多，还有定居在别地的。各方面得到政府的特别照顾，健康情况大好，青少年都上学，已经有受高等教育的了。他说族人的特点是勇敢而和气，打猎从小学会，他自己打猎的本领就很不错，并非夸口。又说他已经结婚，爱人是汉族，在从前当然是不可能的。

　　早餐过后，我们上小火车，要经过五十公里，到一处地方叫库中。小铁路是林业管理局所修，轨距零点七六二米。管理局还修好些公路。所以林区的交通线真可以用蛛网来形容，主要为的运木材，也便利工人上班下班。我们所乘的车，构造和大小，跟哈尔滨儿童铁路的客车相仿，双人板椅坐两个人，左右四个人，中间走道挺宽舒。车开得相当慢，慢却好，使贪看两旁景色的人感到心满意足。车窗外就是树木，树木外边还是树木，你说单调吧，一点儿也不，只觉得在林绿之中穿行异常新鲜，神清气爽。古人栽了几棵梧桐或者芭蕉，作诗就要用上"绿天"，未免夸大。这时候我倒真有"绿天"的实感，要是掺些想象的成分，竟可以说映人衣袂都绿。既而看见一条河道与铁路平行，一打听知道这就是甘河，水清见底，水草顺着流向徐徐袅动。我又得诗一首：

波梳水草成纹理，澄澈甘河天影蓝。

高柳临流蝉绝响，清秋景色宛江南。

我注意到绝未听见蝉声，后来与老舍先生交换看诗稿，不约而同，他也有"蝉声不到兴安岭"之句。究竟是兴安岭上根本没有蝉，还是岭上气候较凉，蝉声早歇，我们二人都不知道。问几位陪我们入林的同志，也没得到确切的回答。

午后12点半到库中，一下车就往左边的原始林跑去。所谓原始林，就是从没经过采伐的，那些树自生自枯，世代相传，占着这块地方，并且逐渐扩大领土。拿落叶松来说，从幼苗到长足要一百年到一百二十年，看年轮就可以知道。而从长足到枯死，到腐朽，又不知道要经过多少年。眼前这些挺得高高的生气蓬勃的落叶松，是开始居留在这里的祖先的第几代后裔呢？脚踏在地上，软软的，陷到脚踝，原来青草和结着浆果的小灌木底下，尽是松针和断枝碎皮，或者已经腐烂，或者将腐未腐，也不知道有多少厚。这些松针和断枝碎皮，是多少世代的生命的残骸呢？边跑边想，总觉想不清楚。

挑定一处地方，在地上铺了几方毡毯，大家坐下来。我学几位同志的样，索性躺下来，伸展四肢，仰而朝天，看明蓝的高天和悠闲的白云。落叶松的树冠并不相互邻接，因而不至于翳天蔽日，阳光漏下来，照得身上微微发汗。望那些树干，挺极了，好像都不是静止的，棵棵都在往上伸，直欲伸到蓝天。忽然听见枪响，就有人说打中了，是一只乌鸡。谁打的？当然是泉博胜。泉博胜证实了他并非夸口，好几个人背着枪捧着乌鸡照相，分享他的成功的欢快。乌鸡大如鹅，全身乌黑，只翅膀边上有几片白羽。

　　在原始林中野餐，在原始林中听歌看舞蹈，全是平生所未经，那新鲜意趣实在难写难描。既而工人为我们表演锯树。一个人一条腿跪在地上，手里的锯离地不到一尺，就树干的这边锯，又就树干的那边锯，大约五分钟光景，一棵落叶松就横倒了。数数年轮，八十多岁。还没长足。又改用柴油锯锯另外一棵。柴油锯不须人力推拉，省力气，锯得快，只消两分钟，树就横倒了。听说还有一种电锯，也锯得快，可是电缆横在地上未免碍事，不及柴油锯方便。

　　锯树总算看到了，但是没看到一个工段多数工人在那里采伐的热闹场面。刚交秋令，还没下雪，大量木材从冰道上滑下去的情景当然无从看到。大家说，到冬季咱们再来吧。因为林区管冬令叫黄金季节，采伐运输最繁忙，看辛勤的人在冰天雪地里活跃，精神上该会得到极大的鼓舞。

　　在回到甘河的车中，我回味原始林中的印象，又作一首诗：

　　　　株株竞上望如伸，原始林中卧碧茵。
　　　　倏见乌鸡应声坠，神枪无愧鄂伦春。

1961 年 10 月 27 日作

游中山陵记

到了南京的第二天，我们去游中山陵。

中山陵在南京城东北钟山的南面，靠山建筑，从远望去，全体像个钟形，常绿树整整齐齐地排列着，受着阳光的照耀，现出可爱的亮绿色。

到了陵下，我们一级级踏着石阶上去。这石阶是很好的工程，又平正，又洁白。每多少级有一个平台，让人休息。我们不要休息，一口气把石阶走完，共四百级不到一点，大家喘得非常厉害，两条脚僵僵的，不像是自己的了。

我们歇了一歇，就走进祭堂。这里建筑得非常精美，地上和墙上都是最好的大理石，正中是孙中山先生的坐像，他的眼庄严地慈爱地看着我们。

祭堂的北墙上，两扇铜门关着，里面就是孙中山先生的墓室了。

希望

希望越浓，恐怖越来越淡，像秋天的轻云一般终于消散无存。

晓行

　　朝阳还没升高，我经过田野间，四望景物，非常秀丽且静穆。一带村树都作浅黛可爱的颜色，似乎正在浮动。我便忆起初见西湖时的情绪：那时是初夏的朝晨，出了钱塘门，经过了一带石壁，忽然间全湖在目。环湖的浅青的山色含有神秘而不可说的美，我只觉无可奈何，同时也遗忘了一切。这是一种不可描绘的情绪，过后思量，竟是我生享受美感的很满足的一回。现在那些远处的村树仿佛是连绵的青山，而我所得的印象又与初到西湖时相似，然则我不是野行，竟是在湖上荡桨了。我原有点渴忆西湖呢，不料无意间得到了替代的安慰。

　　田里的麦全已割去。农人将泥土翻转来，更车了河水进来浸润着，预备种稻。已成形而还不曾长足的蛙就得了新的领土。他们狭小的喉咙里发出阔大而烦躁的声音，彼此应和，联成一片。他们大多蹲在高出水面的泥块上，或从此处跳到彼处；头部仰起，留心看去可以看见他们白色的胸部在那里鼓动。当我经过他们近旁的时候，他们顺次停止了鸣声，极轻便地没入水中。不一会，我离他们较远，一片噪音又在我背后喧闹了。

印有人及家畜的足迹的泥路上竟没一棵草。两旁却丛生野草，大部分是禾本科的植物，开着各色的小花——除了昆虫恐怕再没有注意他们的了。细小而晶莹可爱的露珠附着在花和叶上，很有可玩的意趣。远处粪肥的气味微微地送入我的鼻管，充满着农田生活的感觉，使我否认先前的假想：我并不在清游雅玩的西湖上。

我走到一个池旁。岸滩的草和傍岸的树映入池中，倒影比本身绿得更鲜嫩，更可爱。这时候池面还没受日光的照耀，深蓝色的静定的池水满含着沉默。池面的一角浮着萍叶，数叶攒聚处矗起些桂黄色的小花——记得前几天还没有呢。偶然有些小鱼游近水面，才起极轻微的波纹，或者使萍花略微颤动。

靠着池的东南岸是一所破旧的农舍，屋后有一个水埠通到池面。我信足走去，已到了那所屋舍的前面。一扇板门开着，里面只见些破的台凳和高低不平的泥地。门旁两扇板窗都撑起，一个女孩儿站在窗下。屋前一方地和屋的面积一样大，铺着长方的小砖，是他们的曝场。

那女孩儿有略带红色的头发，非常稀疏，仅能编成一条小辫子；面孔很瘦削，呈淡黄色；眼光作茫昧的瞪视。她见了我，只是对我看，仿佛我身上丛集着什么疑讶。

我不曾走过这条路，看前面都种着豆，不见通路，疑是不能通过的了。便问她道："从这里可以到那条河边么？"这个问询减损了她疑讶的神情的大部分，她点头道："转过去就是。"我答应了一声，再往前去。她又说："但是豆叶上全是露水，要沾湿你的衣裳和鞋。"我说"不要紧"，就分开两边的豆茎，顺着很狭的田岸走去。我虽然没听她的话，心里却感激她对于我——她的不相识者——的好意。

走完了种豆的地方便到河岸，我的鞋和衣裳的下半截真湿了。河水和池水一样地深蓝和静定，但因潜隐的流动有几处发出光亮。对岸的田里有几个农人在那里工作，因田地的空旷显出他们的微小。和平而轻淡的阳光照到田面，就像对一切给与无限的生意，一条田岸，一方泥土，和农人手里的一柄锄头，都似乎物质里面含有内在的精神。

我站着望了一会，便沿着河走。在我的前路有两个农人在那里车水：一架手摇水车设在岸滩，他们俩各执一个柄摇动机关，引河水到田里。不多时我已到了他们俩眼前。一个农人非常高大，露出的皮肤全是酱一般的颜色；面部皱纹很多，有巨大的眼睛和鼻子。他约摸四十岁。又一个是二十出头的年纪，面目很像城市间的读书人；皮肤也不至于深赤；但是他四肢的发达的肌肉可以证明他是久操农作的人。他们俩只顾工作，非但不交一语，并且不看一看共同操作的伴侣。这个情形无论到什么地方都可遇见，锯开一段木头的两个木匠，同一作台的两个裁缝，都是好像没有第二个人在他们旁边似的。旁人看着他们，就要想他们何以耐得这般寂寞。其实旁人不就是他们，究竟寂寞与否怎便能断定呢！

水车引起的水经过一条临时掘成的沟流到田里。那条沟横断我的前路，而且有好些湿泥塞在两旁。我提起了衣服，正要跨过那条沟，那个年长的农人笑着对我说："须留心跨，防跌跤。"他说时两手停了工作，那个年轻的也停了，繁喧的水车声便戛然而止。

我说："不妨事，我能跨。"身体略一腾跃，已过了小沟。我来这一条未尝走惯的路上觉得一切的景物都新鲜，看农人车水也有趣味，时光又很早，所以就停了脚步。

　　他们俩见我过了小沟，便继续他们的工作。那年长的看着我问道："先生是在那边学堂里的么？"

　　"是的。"

　　"那里的学生不止二三百吧？"

　　"不错，四百有余。"

　　"那些学生真开心，我从你们墙外走过，只听见他们笑和闹。大约不会有逃学的了。"

　　"逃学的确然没有。"停了一会，我问他说，"今年的麦收成想还不差，结实的时候不曾有过大风雨呢。"

　　"今年很好，五六年没有这样的收成了。"

　　"现在你这块田预备种稻了？"

"是的，"他指着五十步外一方秧田说，"那里的秧已长得那么高，赶紧要插了。"

我望那方秧田，柔细而嫩绿的秧生得非常整齐，好似一方绿绒。那种绿色是自然的色彩，决不能在画幅中看见，真足以迷醉人的心目。

他接着说："我们在这田里车足了水，更犁松了泥土，就可以插秧。至迟到后天下午我们必得插秧。"他说时脸上有一种欣悦的神采，更伴着简朴真挚的微笑。

我说："此后你们要辛苦了，添水拔草等工作你们天天要做，四无遮盖的猛烈的太阳又专和你们为难。你们以为这些是苦楚不是？"

"我们的日子自然不及你们那么舒服，但是也不见得苦楚。你们看我们以为苦楚，其实我们是惯了。我们乡村里的人谁不曾将两腿没在水田里尽浸？谁不曾将身体挺在太阳光中尽晒？我们从小到大都是这样，管什么苦楚不苦楚？"

"你们一定爱你们田里种的东西。"

"那自然，那是我们的性命。我们看他们很顺遂地发达起来，就好比我们的性命更为坚固且长久。前年那些天杀的小虫来吃我们的稻：一块田里的稻都已开花，忽然每棵稻的中段都折了，茎也枯萎了。留心看去，都是那些天杀的在那里作恶！我们没有法想，只对着稻田叹气！"他引起了以往的愤恨，语音便沉重且有停顿——这是乡村中人普通的愤恨的征象。

"你们为什么不捕捉？城里曾经派出许多人员教你们预防和捕捉的法子。"

"预防呢，我们不很相信那叫也叫不清楚的药料。晚上点了灯，盛了油，待他们来投死，确是个靠得住的法子，但是要大家一齐做才行——这怎么办得到呢？独有一两家这么做，自己田里的捉完了，别家田里的吃到没得吃了，就难民一般地搬了来，还是个捉如未捉。"

"前年的灾情真厉害。去年好些吧？"

"好些，"他冷笑着说，"但是总不能灭尽！他们作恶一连十几年，哪一年不和我们为难，至多恶毒得轻些罢了。"

"田主减收你们的田租吧？"

"总算减短些。"他仍旧冷笑。

"减短多少呢？"

"不一定。他们中间很有几家专会用取巧的法子。他们所有的田不一定全受虫灾，但是被灾的多，便统打个九折收租。他们的意思并不是要没受灾害的得些好处，简直是使受灾的更受些灾害！然而他们有他们的说法，'惟有这样才便于计算；否则怎能一块一块田都看到，确定出应收的成数呢？'又有几家，他们先抛大了米价，却挂出牌子来说田租统打七五折。大家听了这一句，以为他们的租轻松些，便争先缴租给他们。到末了他们的收数独多，还是他们占了便宜。"

"前年你的田租打了几折？"

"我么？"他摇动水车格外用力，借此发泄他的不平，"自然是九折！先生可知道我种的谁家的田？"

"不知道。"

"邵和之，他的家就在你们学校的东面，先生总该知道。"

我便想起常在沿街的茶馆里坐着的那个人。他每天坐在靠墙角的桌旁。瘦削的两颊向里低陷；短视的眼睛从眼镜里放出冷酷的光；额上常有皱纹，因为常在那里思虑；总之，他的面孔全部含着计算的意思。我不曾见他和别的茶客谈话，除了和催甲或差吏计议农人积欠的田租的数目。——我所知于他的只有这些，但总算是知道他的，便答应那农人道："我知道。"

"你想，我种的田就是他的，自然是九折了！"

"我不很知道他的底细，他收租很厉害么？"

"厉害！"他停了一会，又说，"田主收租谁都厉害，手段硬些软些罢了。邵大爷是惯用硬功的大王。"

"怎见得呢？"

"他算出来的数目就好比石头的山，不能移动一分。任你向他诉说恳求，巴望他减短一点，他的头总不肯点一点。欠了他的租，他就派差吏来叫去，由他说一个日期，约定到那一天必须缴还。他那双眼睛真可怕，望着他怎敢再求，只有答应下来，回来想法子，借债当东西全都做到，只求不再看他那双可怕的眼睛。"

他们俩停了手，挺一挺腰，望着四围舒一舒气，预备休息一会。河面忽然有一个声音，好似谁投了一块砖石。我无意地自语道："什么？"看河面时，水花慢慢地扩散开来，最大的一圈已碰着对岸而消灭了。

那年轻的农人用艳羡的语气说："该是一尾好大的鲤鱼。"他说时注视着河面。

"那位邵大爷，"年长的农人向我说，因为水车停了，显出他声音的响亮，"他有一次真是石头一般地定心，叫人万万学不来。他坐了船到东面杨家村里去收租。一家人家同他约了那一天的期，但是竟没法想，一个钱也弄不到。那个男子情急了，看见船摇进村，便发痴一般地避到屋后的茅厕里。差吏进门要人时，只见一个女人，知是避开了，略一搜寻，便从茅厕里把他拖了出来。那男子十分慌张，嘴里却说：'我已有了钱，今天统可还清。'差吏听说，自然放了手。哪知那男子拔脚飞跑，竟往河里一跳！看见的人齐喊起来，一会儿村人都奔了出来。水里的人已冒了几冒，沉下去了。那时候邵大爷的舟子见将有人命交涉，恐怕被村人打沉了他的船，急急解缆想要逃走。你知那位邵大爷怎样？他跨上船头喝住舟子不许解缆。他的脸上毫没着急的意思，大声对岸上的人说：'欠租是何等重大的罪名！他便溺死了，还是要向他女人算！'那时村人个个着急，听邵大爷的说法又觉得不错，哪还有劲儿打他的船，只拼命将河里的人救了起来。后来那个男子还是卖掉了留着自己吃的一石米，还清了租，才算了结。"

我听了这一段叙述，心里起一种憎恨的情绪，但并不只为那个姓邵的。因此，我低头望着河水——那时已不是深蓝的颜色，因为太阳升高了，——不答说什么，只发出个"哦"的声音。

"种了这种人的田，客客气气早日还租就是便宜。"他一手撑在水车的木桩上，以很有经验的神情向我这么说。

"像你，种田过活，还过得去吧？"我想和我对面的人或者也曾受过严酷的逼迫，所以急切地问他。

"多谢先生，我还算过得去。单靠这几亩田是不济事的。我另有几亩烂口，一年两熟半，贴补我不少呢。"

"那就舒服了。"我如同身受那么安慰。

水车的机关又转动了，河水汩汩地流入田里。我想我的工作快要开始了，怎能只看着他人工作呢？我对那农人说："他日再同你谈吧。"便向前走去。

水车的声音里带一个似乎很远的人语声——"改日再会"——在我的背后。

1921 年 6 月 11 日

生活

　　乡镇上有一种"来扇馆"，就是茶馆，客人来了，才把炉子里的火扇旺，炖开了水冲茶，所以得了这个名称。

　　每天上午九十点钟的时候，"来扇馆"却名不副实了，急急忙忙扇炉子还嫌来不及应付，哪里有客来才扇那么清闲？原来这个时候，镇上称为某爷某爷的先生们睡得酣足了，醒了，从床上爬起来，一手扣着衣扣，一手托着水烟袋，就光降到"来扇馆"里。

　　泥土地上点缀着浓黄的痰，露筋的桌子上满缀着油腻和糕饼的细屑；苍蝇时飞时止，忽集忽散，像荒野里的乌鸦；狭条板凳有的断了腿，有的裂了缝；两扇木板窗外射进一些光亮来。

　　某爷某爷坐满了一屋子，他们觉得舒适极了，一口沸烫的茶使他们神清气爽，几管浓辣的水烟使他们精神百倍。

　　于是一切声音开始散布开来：有的讲昨天的赌局，打出了一张什么牌，就赢了两底；有的讲自己的食谱，西瓜鸡汤下面，茶腿丁煮粥，还讲怎么做鸡肉虾仁水饺；有的讲本镇新闻，哪家女儿同某某有私情，哪家老头儿娶了个十五岁的侍妾；有的讲些异闻奇事，说鬼怪之事不可不信，不可全信。有几位不开口的，他们在那里默听，微笑，吐痰，吸烟，支颐，遐想，指头轻敲桌子，默唱三眼一板的雅曲。迷濛的烟气弥漫一室，一切形一切声都像在云里雾里。

午饭时候到了，他们慢慢地踱回家去。吃罢了饭依旧聚集在"来扇馆"里，直到晚上为止，一切和午前一样。岂止和午前一样，和昨天和前月和去年和去年的去年全都一样。他们的生活就是这样了！

城市里有一种茶社，比起"来扇馆"就像大辂之于椎轮了。有五色玻璃的窗，有仿西式的红砖砌的墙柱，有红木的桌子，有藤制的茶几和椅子，有白铜的水烟袋，有洁白而且洒上花露水的热的公用手巾，有江西产的茶壶茶杯。

到这里来的先生们当然是非常大方，非常安闲，宏亮的语音表示上流人的声调，顾盼无禁的姿态表示绅士式的举止。他们的谈话和"来扇馆"里大不相同了。他们称他人不称"某老"就称"某翁"；报上的记载是他们谈话的资料，或表示多识，说明某事的因由，或好为推断，预测某事的转变；一个人偶然谈起了某一件事，这就是无穷的言语之藤的萌芽，由甲而及乙，由乙而及丙，一直蔓延到癸，癸和甲是决不可能牵连在一席谈里的，然而竟牵连在一起了；看破世情的话常常可以在这里听到，他们说什么都没有意思都是假，某人干某事是"有所为而为"，某事的内幕是怎样怎样的；而赞誉某妓女称扬某厨司也占了谈话的一部分。他们或是三三两两同来，或是一个人独来；电灯亮了，坐客倦了，依旧三三两两同去，或是一个人独去。这都不足为奇。可怪的是明天来的还是这许多人；发出宏亮的语音，做出顾盼无禁的姿态还同昨天一样；称"某老""某翁"，议论报上的记载，引长谈话之藤，说什么都没有意思都是假，赞美食色之欲，也还是重演昨天的老把戏！岂止是昨天的，也就是前月，去年，去年的去年的老把戏。他们的生活就是这样了！

上海的马路上，来来往往的，谁能计算他们的数目。车马的喧闹，屋宇的高大，相形之下，显出人们的浑沌和微小。

我们看蚂蚁纷纷往来，总不能相信他们是有思想的。马路上的行人和蚂蚁有什么分别呢？挺立的巡捕，挤满电车的乘客，忽然驰过的乘汽车者，急急忙忙横穿过马路的老人，徐步看玻璃窗内货品的游客，鲜衣自炫的妇女，谁不是一个蚂蚁？我们看蚂蚁个个一样，马路上的过客又哪里有各自的个性？我们倘若审视一会儿，且将不辨谁是巡捕，谁是乘客，谁是老人，谁是游客，谁是妇女，只见无数同样的没有思想的动物散布在一条大道上罢了。

游戏场里的游客，谁不露一点笑容？露笑容的就是游客，正如黑而小的身体像蜂的就是蚂蚁。但是笑声里面，我们辨得出哀叹的气息；喜愉的脸庞，我们可以窥见寒噤的颦蹙。何以没有一天马路上会一个动物也没有？何以没有一天游戏场里会找不到一个笑容？他们的生活就是这样了。

我们丢开优裕阶级欺人阶级来看，有许许多多人从红绒绳编着小发辫的孩子时代直到皮色如酱须发如银的暮年，老是耕着一块地皮，眼见地利确是生生不息的，而自己只不过做了一柄锄头或者一张犁耙！雪样明耀的电灯光从高大的建筑里放射出来，机器的声响均匀而单调，许多撑着倦眼的人就在这里做那机器的帮手。那些是生产的利人的事业呀，但是……他们的生活就是这样了！

一切事情用时行的话说总希望它"经济"，用普通的话说起来就是"值得"。倘若有一个人用一把几十位的大算盘，将种种阶级的生活结一个总数出来，大家一定要大跳起来狂呼"不值得"。觉悟到"不值得"的时候就好了。

（原载 1921 年 10 月 27 日《时事新报》，署名圣陶）

啼声

　　睡眠不得宁帖的，莫过于怀中抱着婴孩的母亲了。独对寒月的思妇，含泪阖眼的鳏夫，睡眠都比她宁帖。惟有她，完全抛开了自己，竟不把睡眠当一回事。眼睛虽或阖着，有时也发出疲倦的齁声，然而心神是永远清醒的。这清醒的心神凝定专一，只守护着熟睡的婴孩，婴孩一伸手，一转侧，没有不感应似的立时觉察出来。不但如此，便是婴孩的一切感觉，没有什么外面表现的感觉，她也能觉察，好像受了神秘的启示。婴孩没有放出饥饿的啼声时，她就给奶吃；婴孩将要张开疲倦的小眼时，她就拥抱得更紧贴一点。这样，她的睡眠就不成其为睡眠了。

　　妻趺坐着，抱着新生的女婴给奶吃了。昏黄的灯光透过蚊帐，她们俩就占据在这闷热的昏黄的方的空间里。不知道是什么时候，细碎的钟摆声不能告诉我们时刻。约略听得窗外有细细屑屑的雨点声，但也不一定是雨点，细听去却又没有了。

　　女婴吃了一会儿奶，忽然哭了，声音很激越，有极短的间歇。妻轻轻地拍着她的小身躯，同时发出柔美的睡梦似的呜声。但是没有效果，女婴的啼声依然不止，而且有点沙哑无力了。

我想：今夜妻已经坐起了好几回。她的心神固然永远清醒着，她的身躯总该睡一会儿。现在女婴的啼哭不会一时便歇，要她熟睡，时间当然更长，那么今夜妻的睡眠不将无望了么？

我这么想着，便起来将女婴接过来。同时叫妻躺下去睡，毫不经心地睡；我自会抱她，呜她，待她止了哭，睡熟了，也会拥着她。有几夜我们也曾这么做，不是第一次了。于是妻就侧身躺下，散乱的头发盖着她尚未恢复的苍白的左颊，入睡了。

到了我的床上，我靠着枕头，半躺地坐着。女婴的啼声弛缓而轻微了。她的略微张开的眼睛，有些不成滴的泪痕，似乎瞪视着我。丰满的两颊，垛起的可爱的小嘴唇，虽然二十多天内看惯了，还像乍见似的，只觉得这形象蕴蓄着无限的希望；便在昏晕的灯光里，我的倦眼仍不厌地看着她。我也同妻一样轻轻地拍着她的小身躯，还发出粗劣而不中节的倦怠的呜声。这样不知经过了多少时间，她的啼声听不见了。

女婴向我开口了。这是这样的：她不仅是她，也就是人间无量数的子女和学童。我听了她的话，同时也听了人间无量数的子女和学童的话。我不仅是我，也就是人间无量数的父母和教师。我在听着，人间无量数的父母和教师也在听着。她和我都变化了，一个就是众多，众多就是一个。但是我绝不觉得这回事有点奇怪，只觉得情形本来如此。

她没有开口之前，举起小拳头向我作打击的姿势，眼睛张得很大，射出愤怒的光。语声从小嘴里发出，很有威严，使我懔然。她说："你这么拍我，呜我，在你以为是爱我；如其不往深处想，我也可以承认你是爱我。但是，你终究是我的仇敌！"

"这多么足以惊怪，突然指我们是他们的仇敌！既然爱了，为什么又是仇敌呢？"这时候我觉得"我"和"我们"竟是意义相同的，可以随便换用的两个代词了；而"她"和"他们"，"你"和"你们"也一样。我心里虽然惊怪，却并不开口问她，为的什么，我自己也不明白。

"你们试想，你们所谓爱我们的，有多少意义？不如确切一点说，这是你们自己的游戏和消遣。先问你们：你们曾为我们的身体着想而寻求过适宜的保育方法么？你们曾为我们的智慧着想而给与过有价值的玩具么？你们曾为我们特设过一种好的环境么？你们曾为我们讲说过一些好的话语么？你们曾针对我们的需要而付与过么？你们曾觉察我们的危害而预防过么？总之一句话，你们曾真个为我们尽过一点心么？"

我只是不开口。她的——也可以说他们的——脸上露出鄙夷和嘲讽的神情，接着说："为什么不开口？答不出来么？自知的确不曾有过，不好意思开口么？看你们那样羞惭的眼光，知道后面一句话我们说中了。真个不曾有过，却还自以为爱我们！这种肤浅的爱值得什么呢？

"你们只是游戏和消遣罢了！不管是什么食品，你们高兴的时候，便是黏韧难以消化的，也同喂猫狗一般给我们吃了。我们所需要的营养料，你们反而不给，因为你们觉得没意思。不管是什么衣物，你们以为可以装饰你们的小玩偶的时候，便是笨重累赘的，也给我们穿了戴了。我们所需要的轻暖舒适的服饰，你们反而不给，因为你们不喜欢。你们中间穷苦的，给我们吃，有一顿没一顿，给我们穿，掩了下身掩不了上身。黑暗的积满灰尘的屋角里，我们被扔在那里蜷缩着。繁殖着臭虫蚤虱的草铺上，我们被扔在那里躺着。这就是你们的保育方法了。

"你们中间，有些人同牛马一般，肩背上担负着不可堪的工作，要我们帮一点忙，便将笨重的工具授与我们，叫我们软弱无力的小手拿着，也照样工作。有些人读惯了某些书本，看惯了某些画幅，要我们尝到同样的滋味，便将那些书本画幅授与我们，叫我们照样读着看着。你们喜欢赌博，当赢了钱非常乐意的时候，就给我们一副纸牌，叫我们照样玩去。你们喜欢参拜神像，当参拜完毕，信心坚强的时候，就给我们一个蒲团，叫我们多拜几拜。这些就是你们所给与的玩具了！

　　"空旷的原野，你们以为是野蛮人居住的地方。葱绿的树林，你们说里边藏着老虎。小刀小斧小锥小凿是下流的木匠的家伙；颜色铅粉有什么用，又不要当什么画小照的旁画工：你们是常常这么说的。你们要将你们的小玩偶造成个又斯文又高贵的东西，所以把我们藏在又方正又简单的房间庭院里。你们的院子和校园，干净到一无所有。你们的房间和课堂里，方方的桌子，方方的椅子，一不小心就会撞破了头，使我们不敢奔跑。你们中间穷苦的，又何尝不希望有那样又方正又简单的房间庭院，将我们养在里边；不过办不到罢了。可是，你们的家又太过狭窄杂乱了，粥锅、便器、草席、桌、凳，种种东西尽将我们挤，将我们挤到了门外。于是我们只能在泥渍水浸风沙飞扬的街上打滚。这就是你们给与我们的环境！

　　"你们又何尝同我们谈过话！你们坚信小玩偶不是你们谈话的对手，你们自有你们的高尚而有意义的思想，不是我们所能懂得的。你们中间操劳的，自己当机器还来不及，自然也不同我们谈话。只有你们快活的时候，才'小宝贝''小心肝'地叫一阵；不爽快的时候，就'讨厌的东西''我要打了''快给我滚开'地骂一回。这使我们不能想清楚一个念头，说完全一句话，因为想念头和说话都靠谈话做钥匙，而你们对我们只有欢叫和怒骂!

　　"感谢你们，特地标出极重大的题目，像煞有介事地，教育我们了。你们保存着古昔传下来的记忆，相信这些完全是好的，因为合着你们的脾胃；你们就将全部传授给我们，还希望我们也照样传授下去。我们曾否向你们需要这些，曾否感激你们的传授，你们却完全不问。你们自有你们的模型，我们是烂泥，要制造只供玩耍的泥人儿，将烂泥往模型里按就是了。这就是你们的教育!

　　"你们自身害了没法治的恶病，毫不经意地把我们生了下来，于是我们终身受冤屈，也害着恶病了。外间疫病流行的时候，你们如无其事，带着我们在病菌飞舞的地方乱走，于是我们得到传染，性命危险了。我们的学龄到了，你们随随便便地，把我们送到一个学校就算。我们的恶习萌芽了，你们还从旁赞扬，说你们的小玩偶乖觉。你们就是这样地不关心我们!

　　"总之，你们起劲的时候，便想起我们，照着自己的意思，取出来玩弄一番，正像猫儿弄垂死的老鼠当游戏，老太太用骨牌打五关做消遣。要是你们不起劲，没工夫，就同没有我们一样，我们被搁在一旁，在你们的心意中占不到百分之一的地位。

　　"你们究竟真个为我们尽过一点心么? 一点，只要有一点，我们就承认你们有真个爱我们的根苗了。但是，这一点在哪里! "

　　她的——他们的——面容变得惨厉，声音带着凄楚了。我只是醉迷迷地听，不想开口。

　　"我们是要不停地前进，向将来走去的。这将来虽然尚在前方，但我们可以预测，多一半是惨酷的遭遇。我们固然要奋发自己的能力，和那些

174

惨酷的遭遇斗争。可是我们已经做了你们的玩物，你们的消遣品，我们已经被损害了。斗争的结果怎么样，正难说呢！

"你们听着：我们的身体将脆弱而多病！我们的情感将淡漠而无所属！我们的思想将拘束而不得自由！我们将无所有，无所能！我们将微小如沙粒，卑弱如蚯蚓！这都是你们的赏赐！你们究曾爱我们么？

"我们不曾请求你们做父母做教师呵！你们既然不自谦地做了，爱我们就是你们的责任。你们却不能爱！不能爱也罢了，退一步说，总该不给我们损害。你们偏又随时随地给我们损害！你们不是我们的仇敌么？

"我们不愿有虚幻的奢侈的希望——希求你们的爱，只欲抗拒你们将我们作游戏和消遣，就是你们自以为爱我们的那一套。至于我们，也决不能爱你们，因为我们没有受到你们一点好处，你们是我们的仇敌，不给帮助反加损害的仇敌！"她说着，哀哀地愤愤地哭了，我听见他们哀哀地愤愤地哭了。

妻的不眠的心神感应着女婴的哭声，半身爬起来，揭开蚊帐唤我。我醒了，听得稀疏的雨点敲着白铁水落的寂寞的声响。女婴在我臂弯里啼着，一副愁苦的脸，小胳臂用力舞动，手握着小拳头。

妻温柔地说："我的心肝，到妈妈怀里来吧！"

我起身抱女婴给她，心中迷惘地想："不要妈妈爸爸的，且求不至于做她的仇敌吧！"

1922 年 5 月 23 日

深夜的食品

里的总门虽然在九点钟光景关上了，总门上的小门，仅容一个人出入的，却终夜开着。房主以为这是便利住户的办法，随便什么时候要进要出都可以；门口就有看门人睡在那里，所以疏失是不至于有的。这想法也许不错，随时可以进出确实便利；然而里里边却出了好几回疏失，贼骨头带着住户的东西走了。这是否由于小门开着的便利，固然不能确凿断定。

我想有一些人必然感激这小门的开着，是不容怀疑的，那就是挑售食品的小贩们。我中夜醒来（这是难得的事），总听见他们的叫卖声："五香茶叶蛋！""火腿热粽子！""五香豆腐干！""桂花白糖莲心粥！"还有些是广东人呼喊的，用心细辨也辨不清，只听见一连串生疏的声音而已。这时候众喧已息，固然有些骨牌声、笑语声、儿啼声在那里支持残局，表示这里里的人还没有全部入睡，但究竟不比白天的世界了。这些叫卖声大都是沙哑的；在这样的境界里传送过来，颤颤地，寂寂地，更显出这境界的凄凉与空虚。从这些声音又可以想见发声者的形貌，枯瘦的身躯，耸起的鼻子与颧颊，失神的眼睛，全没有血色的皮肤；他们提着篮子或者挑着担子，举起一步似乎提起一块石头，背脊是弯得像弓了。总之，听了这声音就会联想到《黑籍冤魂》里的登场人物。

有卖东西的，总有吃东西的。谁在深夜里还买这些东西吃呢？这可以断然回答，决不是我们。我家向来是早睡的，至迟也不过十一点钟（当然也是早起的）。自从搬到乡下去住了三年，沾染了鄙野的习俗，益发实做其太古之民了。太阳还照在屋顶，我们就吃晚饭；太阳没了，我们就"日入而息"，灯自然要点一点的，然而只有一会儿工夫。近来搬到这文明的地方上海来住，论理总该有点进步，把鄙野的习染洗刷去一部分，但是我们的习染几乎化为本性了；地方虽然文明，与我们的鄙野全不相干，我们还是早吃晚饭早睡觉。有时候朋友来访，我们差不多要睡了，就问他们："晚饭吃过了吧？"谁知他们回答得很妙："才吃过晚点，晚饭还差两三个钟头呢。"这使我惭愧了，同时才想起他们是久居上海的，习染自然比我们文明得多。像我们这样的情形，决不会特地耽搁了睡觉，等着买五香茶叶蛋等等东西吃的；更不会一听到叫卖声就从床上爬起来，开门出去买。所以半夜的里里虽然常常颤颤地寂寂地喊着什么什么东西，而我们决非他们的主顾。

那么他们的主顾是谁呢？我想那些神明不衰，通宵打牌的男男女女总该是其中的一部分。他们尚未睡眠，胃的工作并不改弱，到半夜里，已经把吃下去的晚餐消化得差不多了；怎禁得那些又香又甜又鲜美的名称一声声地引诱，自然要一口一口地咽唾沫了。手头赢了一点的呢，譬如少赢了一些，就很慷慨地买来吃个称心如意（黄包车夫在赌场门口候着一个赌客，这赌客正巧是赢了钱的，往往在下车的时候很不经意地给车夫过量的钱，洋钱当作毛钱用；何况五香茶叶蛋等等东西是自己吃下去的，当然格外地慷慨了）。输了的呢，他想借此告一小段落，说不定运气就会转变过来；把肚皮吃得充实些，头脑也会灵敏得多，结果"返本出赢钱"，吃的东西还是别人会的钞。他这么想的时候，就毫不在乎地喊道："茶叶蛋，来三个！""莲心粥，来一碗！"

其次，与叫卖者同属黑籍的人们当然也是主顾。叫卖者正吞饱了土（烟土）皮，吃足了什么丸，精神似乎有点回复，才出来干他们的营生；那些一榻横陈，一枪自持的，当然也正是宿倦已消，情味弥佳的当儿，他们彼此做个交易，正是适合恰当，两相配合。抽大烟的人大都喜欢吃烫热的东西，有的欢喜吃甜腻的东西。那些待沽的东西几乎全是烫热的，都搁在一个小炉子上，炉子里红红地烧着炭屑；而卖火腿热粽子的，也带着猪油豆沙粽，白糖枣子粽；这可谓恰投所好了；买来吃下去，烫的感觉，甜的滋味，把深夜拥灯的情味益发提起来了，于是又重重地深深地抽上几管烟。

其他像戏馆里游戏场里散归的游人，做夜间工作的像报馆职员之类，还有文明的习染已深，非到两三点钟不睡的居民，他们虽然不觉得深夜之悠悠，或者为着消消闲，或者为着点点饥，也就喊住过路的小贩买一些东西吃。所以他们也是那些深夜叫卖者的主顾。

我想夜间的劳工们未必是主顾吧。老板伙计一身兼任的鞋匠，扎鞋底往往要到两三点钟；豆腐店里的伙计，黄昏时候就要起身磨豆腐了；拉夜班的黄包车夫，是义务所在，终夜不得睡觉的，他们负着自己和全家的生命的重担，就是加倍努力地做一夜的工作，也未必能挣得到够买一个茶叶蛋一只火腿粽的闲钱来；他们虽然听着那些又香又甜又鲜美的名称而神往，而垂涎，但是哪里敢真个把叫卖者喊住呢！

他们不敢喊住，对于叫卖者却没有什么影响，据同里的人谈起，以及我偶尔醒来的时候听见的，知道茶叶蛋等等是每晚必来的；这足以证明那些东西自会卖完，这一宗营生决不因为我们这样鄙野的人以及劳工们的不去作成它而会见得衰颓的。

1924 年 8 月 26 日

苍蝇

住在这里里，第一件不如意的事要数苍蝇的纷扰了。晨光才露，我们还没有起来，就听见昏昏的嚷嚷之声。等到一开门，又扑头扑面地飞进许多新客，它们与隔宿留在这里的旧客合伙，于是嚷嚷之声使你心烦意乱，不知如何是好。

市上的苍蝇拍脆弱得可怜，用不到两三天便纱穿柄脱，只剩三四分的效用了。妻不愿意再买，自己去买了一方铁纱，手制成三个苍蝇拍；那铁纱颇结实，拿着虽觉重一些，而所向必能奏功，那是不待试验的。于是妻一个，母一个，孩子也是一个，捕蝇队居然组织起来了；别的都不管，一心一意只在于拍，拍，拍，差不多半天工夫才停手。地上的蝇尸足有一酒杯的容积，若在夸耀武功的人，这也足以"取其鲸鲵而封之，以为京观"了。又把吃饭的桌子储菜的橱子以及地板都用水冲过抹过，以免招引未来的新客。这时候耳根特别清静，脸上手上也没有刺得痒痒的感觉，大家很安适。

但是，我家没有富翁准富翁家里所有的铁纱门窗。出进是不得不开门的，为要透气，窗又不得不开着；不多一会工夫，不招自至的新客又从门外窗外飞进来了。起初只略见几个在眼前掠过，继而就成轻微的营营，终于是不可堪的骚扰了。

于是捕蝇队继续努力，不休不歇，只是拍，拍，拍。

这样经过了三五天，妻觉得无聊了；几个人什么也不做，却一天到晚不得空，只是拿着这劳什子拍，拍，拍，算个什么呢！她提议改用捕蝇纸，以为这是以逸待劳，而且或许可以一网打尽的办法。那一天我到租界去，就买了几张捕蝇纸回来。

捕蝇纸上确乎粘住不少苍蝇，到处横飞的现象也似乎觉得好些。至于一网打尽，却还远之又远。那些苍蝇不飞到铺着蝇纸的地方去，犹如野兽在没有陷阱的地方逍遥，就奈何它们不得。有些已经走近了那纸的胶质，用口器或前脚轻轻去探一探，就振翅飞去了。看它们那样轻捷的姿态，似乎故意表示警觉与狡狯。捕蝇纸对它们自然是失败了。为补救这等缺点起见，捕蝇队还是不能退伍，还是要常常拿起这劳什子来拍，拍，拍。

这个里在去年还是一片荒地，是粪尿废物的积聚所。苍蝇曾在这一片地上有过一段繁盛的历史，那是可想而知的。自从房屋落成，道路铺好以后，我想去冬未死的老苍蝇定有今昔之感了。幸而还有几个垃圾桶，它们可以在那里长养子孙，绵延族类。里中住户大概是"多一事不如少一事"之流，他们开了桶盖，倒了垃圾，转身就走，桶盖就让它开着。他们家里吃了饭或是瓜果，所有骨壳皮核渣滓之类就随手向门外丢，省却一番洒扫的麻烦。这对于苍蝇实在是无上功德：它们在垃圾桶里闷得慌，桶盖开着，就可以自由自在出来看看广大的世界；它们没有可口的东西吃，无谓游行也未必有趣，骨壳之类遍地，就无往而不写意了。安知那营营的声音

杏子坞老民白石

里，它们不是在唱"被人类劫夺了的领土，现在光复了"的得胜歌呢。

我们觉得苍蝇可厌，希望它们不要来骚扰我们，根本的办法，自然在于做到这里里没有苍蝇。简单想想，似乎这一点不难办到。凡是苍蝇的发祥地，如垃圾桶之类，都给它倒些杀虫药水；垃圾桶盖每开必关，骨壳之类一定要倒在垃圾桶内，以免游行的苍蝇饱吃和追逐；捕蝇拍和捕蝇纸家家必备，有飞进门来的，总不让它侥幸生还；这样，不消半个月工夫，就可以做到一个苍蝇都没有了——这算得难办的事么？

怎么能约齐家家户户一起合作呢？这似乎不成问题；我们想起了这办法，就由我们向邻居传说，这是最方便不过简单不过的。除尽了苍蝇，大家舒服，不光是我们一家受到好处，哪会有不赞成的道理？

但是，我们的经验开口了："不然，大不然。你劝他们把垃圾桶盖关了，他们说偏不高兴关，你怎么样？你劝他们不要把骨壳等物丢在路上，他们说偏爱这么丢，你怎么样？你劝他们扑灭苍蝇，买拍子，买灭蝇纸，他们说没有这等闲钱闲工夫，或者爽性回答你一句，他们不怕什么苍蝇，你又怎么样？所以约齐家家户户一起合作，不过是个梦想罢了！"

经验的那种老练的腔调每足使希望的心爽然若失；它这样说，我们的办法不就等于无法么？"这个里将永远是苍蝇的世界，"我们想，"澄清既无望，还是搬到别处地方，没有苍蝇的地方去住吧。"

但是，这实在是腐败的不道德的思想！我们搬走了，不是就有一家搬来住么？我们怕苍蝇，所以要搬走，却让给了后一家，难道他们就命该受苍蝇的累么？譬如吃一样东西，我们尝了一点儿，发现这是含毒的，就吐掉嘴里的，丢掉手里的，自顾自走开了。人家不知道，拣起地上的东西，无心地大嚼起来，结果不是牺牲一命，就是沉疴三月；这不是我们的罪恶么？所以凡是尝到了毒物，最正当的办法是先把毒物消灭净尽，再进一步，想法制成无毒有益的东西供大家吃；倘若舍此不图，就是腐败，就是不道德！而搬到别处去住的思想正与随手丢掉毒物的情形相仿佛，这怎么能要得！由此类推，住在上海地方的人说上海太污浊，须得离开它；住在中国地方的人说中国太不堪了，须得抛弃它，也同样是腐败的不道德的思想。唯其污浊，唯其不堪，我们一定要住在这里；使它干净，使它像样，是我们最低限度的责任；改造成个灿烂的上海，涌现出个庄严的中国，是我们进一步的努力。到了那个时候，情形又不同了；高兴住的当然住下，想换换空气的就不妨离开，因为与道德不道德的问题没有关系了。

话说开来了，现在回过来：总之，搬到别处去的办法是要不得的。那么，装起铁纱的门窗来，行么？我们并不主张还淳返朴，现在固然未必装得起，可是确乎希望有一天家家户户装起铁纱门窗来。然而，即使家家户户装起了铁纱门窗，若不从扑灭苍蝇这方面下手，苍蝇还是要猖狂的；它们进不进我们的居屋，就在路上扑头扑面地飞舞；偶尔闪了进来，就像进了养老院，终身隐居于此了。

至此，我们可以制定一句格言："我们嫌苍蝇讨厌，只有一法，就是扑灭它们。"

而单独扑灭之不能收效，我们的经历已经证明了；所以上面的格言还得修正为以下的说法："我们嫌苍蝇讨厌，只有一法，就是联合邻里共同扑灭它们。"

这真像苏州城外坐马车，绕了一个圈子，仍旧回到原地方了。我们的经验不是已经说过，这是个梦想么？

不错，我们的经验确曾这么说。但是，一切梦想如能不致发生，发生之后如能马上消散，那自然没有什么；设或不能，梦想在前头诱引着，我们在这里可望而不可即，总是一种莫名的懊丧。这只有奋力向前，终于跨进梦想的实境，把经验先生的见解修正一下，才能彻底排除这种懊丧。除此之外，再没有丝毫的办法，唯有终于懊丧而已。

所以我们要扑灭苍蝇，想联合邻里通力合作，虽然被经验先生嗤为梦想，我们却只有走这一条路。怀着梦想的既是我们，当然先由我们向邻里们一一传告。这当儿，"偏要这样，不高兴那样"的回声是必然会有的，但这算得了什么！给孩子们吃药，不是总回你个哭脸么？我们还是凭我们的真诚与理由，锲而不舍地向他们陈诉。总有一天，他们会觉得垃圾桶是非关不可的，骨壳等物是非当心收拾不可的，买蝇拍灭蝇纸并非浪费的开支，拍拍苍蝇并非无聊的消遣；总而言之，他们也觉得苍蝇是必须扑灭的了。于是通力合作，处处注意，不消半个月，苍蝇就可以销声绝迹。于是在这原先苍蝇猖狂的里中，也得享受没有一个苍蝇的欢乐。

这当然是大众的舒服。然而我们的得以享受这舒服，不得不感激邻里们的明达与努力；因为他们是我们仅有的伙伴，如果他们不明达不努力，灭尽苍蝇依然只是我们的梦想。

说了一大堆话，苍蝇还是三三五五在眼前飞舞着。但我们的路是决定了，其要旨如上述，今后就照此做去。

末了想蛇足地说一句：扑灭苍蝇是如此，扑灭类似苍蝇的任何事物，也是如此，唯有去找我们仅有的伙伴，唯有靠着伙伴们的明达与努力。

再蛇足一句：一个人如其不能够扑灭里里的苍蝇，再也不用抱着扑灭类似苍蝇的东西的梦想了——因为无非徒然抱着个梦想而已。

1924 年 8 月 29 日

希望

　　希腊神话里这样说：天上众神之王宙斯派他的使者曼克莱送一个女子到地上来，随后又派曼克莱带来一只小箱子，寄存在那女子和她的男子同居的地方。那女子见这只雕镂精致的箱子没有锁，只用一条金索捆着，很想解开来看一看。但是她的男子不同意偷看别人的东西，劝她不要多管闲事。她难过极了，几乎忘了一切，总想看一看才好。当她一个人在房里的时候，听见箱子里发出一阵声音，越来越清楚，原来在喊她的名字，求她援救。她再也忍不住了，同时外面有脚步声，来的一定是她的男子，等他跨进门来就要被他阻止，她就急忙解掉金索，揭开箱盖。仅仅开到一条缝那么宽，里面就冲出来一群长着翅膀的小东西，一会儿四处飞散了。这些小东西是制造烦恼的专家，其中有病魔，有罪魔，有战魔，有仇恨嫉妒的恶魔；于是世界上开始有烦恼了。那女子自知闯了一场大祸，非常懊悔，只要有什么法子可以补救，她都愿意去做。正当她吓得放手的时候，箱子就关上了，里面又有一阵呼声送出来，说："只要放我出去，我能医治你们的痛苦。"那女子又惊又喜，又怀着疑心，但是除了姑且试一试没有别的办法。最后放出来的那个小东西却是好的，名叫"希望"。他能补救他的同伴们的过失。世界上受到他的同伴们的蹂躏而感到烦恼的，一遇到他，就能够产生新精神，勇于向前干。"希望"这个小东西真值得称颂啊！

现在讲一个老鼠的家族。这个家族并不繁盛，计有公鼠两名，母鼠四口，其中大的一公一母是夫妇，其余都未成年，是他们的儿女。大概"希望"这个小东西是墨子的信徒，他安慰了世界上的人，也不肯亏待世界上的老鼠。这个老鼠家族受到他的安慰，恬适地过日子，直到最后。故事如下：

"痒啊，痒。"一只小公鼠索索地牵动着身躯说。

"我这张皮要是能够撕下来倒还舒服些。"一只小母鼠项颈的部分痒得最厉害，不住地旋转她的头。

"蚤虱这东西最乖觉不过，嘴咬过去，就不知钻到哪里去了！"又一只小母鼠这么说，随后又低下头去向胸腋间一口口地咬。

"没有办法，痒啊，痒。"小公鼠翘起细长的尾巴在自己背上只是抽。

老公鼠伏在暗角里，全身都隐没不见，只有两颗眼珠子闪出一点儿光。他沉静地说道："我难道不痒么？我也同你们一样的痒。只因闹也没有用，不如定心养养神的好，所以半个字也不说。"

"不错，"一群小鼠赞同地想，"闹也没有用。我们闹我们的，蚤虱咬它们的，有什么办法呢？还是定心养养神来得受用些。"但是痒究竟熬不大住，他们仍旧浑身牵动着。

"我倒有一个希望在这里。"老公鼠不要不紧地表示他的意见。

　　"希望！"一群小鼠都像刚刚畅搔了一阵，觉得异常松爽，齐声喊了出来。

　　"我想，我们要捉尽蚤虱，应当请求那只白猫帮助。他身上也生过蚤虱，但是现在都给他捉光了。他的眼力，他的趾爪，我们向来是佩服的，他又有了新的经验，不找他还找谁！他会不会欺侮我们，我想大概不至于，他的脸没有一刻不在笑呢。我们希望着吧，只希望他答应为我们干这件事。"

　　像通了电似的，霎时间母鼠和一群小鼠心里都存着这个希望，痒的事情仿佛微不足道了。

　　不一会儿，那只白猫来了。他嘴里衔着一段油炸桧，四面看了看，放下嘴里的油炸桧，"妙乎妙乎"地叫几声，声音挺柔和挺妩媚。雪白的脸的确在那里笑——鼠的家族大家都觉得他在那里笑。

　　油炸桧唤起了鼠的家族饥饿的感觉。大家觉得动嘴巴的事儿远在好些时候以前了。在这一角地方，一点儿储藏也没有，花生米屑，饼干屑，熏鱼骨头以及其他等等，统统都搜得光光了；而突然感觉的饿却来得特别厉害，竟有点忍受不住的样子。于是请求代捉蚤虱的事暂搁，大家都默默地不动。

　　油炸桧在白猫的嘴里像棍棒似的舞动，原来白猫要把它玩弄一番再吃，这就可见他颇有吃东西的艺术了。鼠的家族个个看得清楚，禁不住一口一口咽唾沫，肚子里一阵阵地作怪。

　　老公鼠暗自想："他大概吃得正饱，吃不下了。分给我们一点儿，看他那副慈善的样子，未必不肯答应吧。"

"妙乎！"白猫叫了一声。

"他答应了。"老公鼠心里一喜，好像已吃了半顿，因为希望的明灯挂在他前面了。他就用他的鼠须触触他的夫人和一群孩子，表示他的欢喜。母鼠和一群小鼠其实并不知道他心里的欢喜，但是大家都对他点点头，表示能够领会。他们以为他想的该是这个意思：白猫吃油炸桧一定会有小块残屑掉下来，那就是我们的好处了。他们本来就这么想，现在一家之主也这么想，可见这是大可希望的希望了，于是大家也好像已经吃了半顿。

白猫开始嚼他的油炸桧。

不知是哪一只鼠希望太盛，欢喜得忘形了，身体一动，发出索索的声音。

白猫连忙放下油炸桧，突然袭击过来，一口衔住那只老公鼠，一只右前脚抓住他的夫人。四只小鼠吓得浑身麻木了，八只眼睛直望着那笑着的猫脸，僵僵地，仿佛是烂泥塑成而晒干了的群像。

所有的希望统统飞去了。但是，新的希望像魔术一样马上又出现了。老公鼠横在白猫的嘴里，觉得白猫的牙齿咬得不十分紧，就想："希望你咬得再松点儿，不然，就像现在这样也还受得住。"母鼠伏在白猫的脚爪下，她想："希望你不要弄破我这件皮外套。"四只小鼠大致相同地这样想："够了，希望你不要来衔我们抓我们吧！"

希望越浓，恐怖越来越淡，像秋天的轻云一般终于消散无存。

"希望"安慰生灵，使生灵无时无刻不觉得恬适，又能安慰生灵直到临命终时也不作已经到了绝路之想。这小东西真值得称颂啊！

1925 年 1 月 23 日

五月三十一日急雨中

从车上跨下，急雨如恶魔的乱箭，立刻打湿了我的长衫。满腔的愤怒，头颅似乎戴着紧紧的铁箍。我走，我奋疾地走。

路人少极了，店铺里仿佛也很少见人影。哪里去了！哪里去了！怕听昨天那样的排枪声，怕吃昨天那样的急射弹，所以如小鼠如蜗牛般蜷伏在家里，躲藏在柜台底下么？这有什么用！你蜷伏，你躲藏，枪声会来找你的耳朵，子弹会来找你的肉体：你看有什么用？

猛兽似的张着巨眼的汽车冲驰而过，泥水溅污我的衣服，也溅及我的项颈，我满腔的愤怒。一口气赶到"老闸捕房"门前，我想参拜我们的伙伴的血迹，我想用舌头舔尽所有的血迹，咽入肚里。但是，没有了，一点儿没有了！已经给仇人的水龙头冲得光光，已经给烂了心肠的人们踩得光光，更给恶魔的乱箭似的急雨洗得光光！

不要紧，我想。血曾经淌在这块地方，总有渗入这块土里的吧。那就行了。这块土是血的土，血是我们的伙伴的血，还不够是一课严重的功课么？血灌溉着，血滋润着，将会看到血的花开在这里，血的果结在这里。

我注视这块土，全神地注视着，其余什么都不见了，仿佛自己整个儿躯体已经融化在里头。抬起眼睛，那边站着两个巡捕：手枪在他们的腰间；泛红的脸上的肉，深深的颊纹刻在嘴的周围，黄色的睫毛下闪着绿光，似乎在那里狞笑。

手枪，是你么？似乎在那里狞笑的，是你么？

"是的，是的，就是我，你便怎样！"——我仿佛看见无量数的手枪在点头，仿佛听见无量数的张开的大口在那里狞笑。

我舐着嘴唇咽下去，把看见的听见的一齐咽下去，如同咽一块粗糙的石头，一块烧红的铁。我满腔的愤怒。

雨越来越急，风把我的身体卷住，全身湿透了，伞全然不中用。我回转身走刚才来的路，路上有人了。三四个，六七个，显然可见是青布大褂的队伍，中间也有穿洋服的，也有穿各色衫子的短发的女子。他们有的张着伞，大部分却直任狂雨乱泼。

他们的脸使我感到惊异。我从来没有见到过这么严肃的脸，有如昆仑之耸峙；我从来没有见到过这么郁怒的脸，有如雷电之将作。青年的清秀的颜色退隐了，换上了北地壮士的苍劲。他们的眼睛将要冒出焚烧一切的火焰，抿紧的嘴唇里藏着咬得死敌人的牙齿……

佩弦的诗道，"笑将不复在我们唇上！"用来歌咏这许多张脸正适合。他们不复笑，永远不复笑！他们有的是严肃与郁怒，永远是严肃的郁怒的脸。青布大褂的队伍纷纷投入各家店铺，我也跟着一队跨进一家，记得是布匹庄。我听见他们开口了，差不多掏出整个的心，涌起满腔的血，真挚地热烈地讲着。他们讲到民族的命运，他们讲到群众的力量，他们讲到反抗的必要；他们不惮郑重叮咛的是"咱们一伙儿！"我感动，我心酸，酸得痛快。

店伙的脸比较地严肃了；他们没有话说，暗暗点头。

我跨出布匹庄。"中国人不会齐心呀！如果齐心，吓，怕什么！"听到这句带有尖刺的话，我回头去看。

是一个三十左右的男子，粗布的短衫露着胸，苍暗的肤色标记他是在露天出卖劳力的。他的眼睛里放射出英雄的光。

不错呀，我想。露胸的朋友，你喊出这样简要精炼的话来，你伟大！你刚强！你是具有解放的优先权者！——我虔诚地向他点头。

但是，恍惚有蓝袍玄褂小髭须的影子在我眼前晃过，玩世的微笑，又仿佛鼻子里轻轻的一声"嗤"。接着又晃过一个袖手的，漂亮的嘴脸，漂亮的衣着，在那里低吟，依稀是"可怜无补费精神！"袖手的幻化了，抖抖地，显出一个瘠瘦的中年人，如鼠的觳觫的眼睛，如兔的颤动的嘴唇，含在喉际，欲吐又不敢吐的是一声"怕……"

我如受奇耻大辱，看见这种种的魔影，我愤怒地张大眼睛。什么魔影都没有了，只见满街恶魔的乱箭似的急雨。

微笑的魔影，漂亮的魔影，惶恐的魔影，我咒诅你们！你们灭绝！你们消亡！永远不存一丝儿痕迹于这块土上！

有淌在路上的血，有严肃的郁怒的脸，有露胸朋友那样的意思，"咱们一伙儿"，有救，一定有救，——岂但有救而已。

我满腔的愤怒。再有露胸朋友那样的话在路上吧？我向前走去。

依然是满街恶魔的乱箭似的急雨。

1925 年 5 月 31 日夜作

（原载 1925 年 6 月 28 日《文学周报》第 179 期）

掮枪的生活

我当中学生的时代在清朝末年，那时候厉行军国民教育，所以我受过三年多的军事训练。现在回想起来，旁的也没有什么，只那掮枪的生活倒是颇有兴味的。

我们那时候掮的是后膛枪，上了刺刀，大概有七八斤重。腰间围着皮带。皮带上系着两个长方形的皮匣子，在左右肋骨的部位，那是预备装子弹的。后面的左侧又系着刺刀的壳子。这样装束起来。俨然是个军人了。

我们平时操小队教练、中队教练，又操散兵线，左右两旁的伙伴离得特别开，或者直立预备放，或者跪倒预备放，或者卧倒预备放。当卧倒预备放的时候，胸、腹、四肢密贴着草和泥土，有一种说不出来的快感。待教师喊出"举枪——放！"的口令的时候，右手的食指在发弹机上这么一扳，更是极度兴奋的举动。

有时候我们练习冲锋，斜执着上了刺刀的枪，一拥而前。不但如此，还要冲上五六丈高的土堆；土堆的斜坡很有点儿陡峭，我们不顾，只是脚不点地地往上冲。嘴里还要呐喊："啊！——啊！"宛然有千军万马的气势。谁第一个冲到土堆的顶上，就高举手里的枪，与教师手里的指挥刀一齐挥动，犹如占领了一座要塞。

有时候我们练习野外侦察，三个四个作一组，各走不同的道路，向田野或树林出发。如果是秋季的晴天，侦察就大有趣味。干草的甘味扑鼻而来；各种昆虫或前或后，飞飞歇歇，好像特地来与我们作伴；清水的池边，断栏的桥上，随处可以坐下来；阳光照在身上，不嫌其热，可是周身感到健康的快感。这当儿，我们差不多忘了教师讲的侦察时候应该注意些什么。我们高兴有这样的机会，从沉闷的教室里逃到空旷的原野里，作一回捎着枪的游散。

一年的乐事，秋季旅行为最。旅行的时候也用军法部勒。一队有队长，一小队有小队长。步伐听军号，归队和散队听军号，吃饭听军号，早起夜眠也听军号。我有几个同级的好友是吹号打鼓的好手，每逢旅行，他们总排在队伍的前头，显耀他们的本领。我从他们那里受到熏染，知道吹号打鼓与其他技艺一样，造诣也颇有深浅的差异；要沉着而又圆转，那才是真功夫。我略能鉴别吹奏的好坏；有几支军号的曲调至今还记得。

旅行不但捎枪束子弹带，还要向军营里借了粮食袋和水瓶来使用。粮食袋挂在左腰间，水瓶挂在右腰间，里头当然装满了内容物。这就颇有点儿累赘了，然而我们都欢喜这样的装束，恨不得在背上再加上背包。其时枪也擦得特别干净，枪管乌乌的，枪柄上不留一点儿污迹，枪管子里面有人家看不见的，可是我们也用心擦，直擦到用一只眼睛窥看的时候，来复线条条闪亮，耀着青光，才肯罢手。

旅行到了目的地，或者从轮船上起岸，或者从火车上下来，我们总是排成四行的队伍，开着正步，昂然前进。校旗由排头笔直地执着，军号军鼓奏着悠扬的调子；步伐匀齐，没有一点儿错乱。人家没有留心看校旗上的字，往往说"哪里来的军队"。听了这个话，我们的精神更见振作，身躯挺得更直，步子也跨得更大。有一年秋季旅行，达到目的地已经是晚上八点过后，天下着大雨，地上到处是水潭。我们依然开正步，保持着队伍的整齐形式。一步一步差不多都落在水潭里，皮鞋里完全灌满了水，衣服也湿透了，紧贴着皮肤。我们都以为这是有趣的佳遇，不感到难受。又有一年秋季，到南京去参观南洋劝业会。正走进会场的正门，忽然来一阵点儿很大的急雨。我们好像没有这回事，立停，成双行向左转，报数，搭枪架，然后散开，到各个馆里去参观。第二天《会场日报》刊登特别记载：某某中学到来参观，完全是军队的模样，遇到阵雨，队伍绝不散乱，学生个个精神百倍，如是云云。我们都珍重这一则新闻记事，认为是这一次旅行的荣誉。

旅行时候的住宿又是一件有味的事。往往借一处地方，在屋子里平铺着稻草，就把带去的被褥摊在上面。睡眠的号声幽幽地吹起来时，大家蚱蜢似地窜向自己的铺位，解带子，脱衣服，都觉得异样新鲜，似乎从来没有做过的。一会儿熄灯的号声响了，就在一团黑暗里静待入睡。各人知道与许多伙伴在一起，差不多同睡在一张巨大的床上，所以并不感到凄寂。第二天醒来当然特别早，只等起身号的第一个音吹出，大家就站了起来，急急忙忙把自己打扮成个军人了。

从前的掮枪生活，现在回想起来，颇带一些浪漫意味。这在当时主张军国民教育的人说来，自然是失败了。然而我们这批人的青年生活却因此得到了一些润泽。

（原载 1934 年 10 月 1 日《中学生》第 48 号）

"习惯成自然"

"习惯成自然"，这句老话很有意思。

我们走路，为什么总是一脚往前，一脚在后，相互交替，两条胳臂跟着动荡，保持身体的均衡，不会跌倒在地上？我们说话，为什么总是依照心里的意思，先一句，后一句，一直连贯下去，把要说的都说明白了？

因为我们从小习惯了走路，习惯了说话，而且"成自然"了。什么叫做"成自然"？就是不必故意费什么心，仿佛本来就是那样的意思。

走路和说话是我们最需用的两种基本能力。推广开来，无论哪一种能力，要达到了习惯成自然的地步，才算我们有了那种能力。不达到习惯成自然的地步，勉勉强强的做一做，那就算不得我们有了那种能力。如果连勉勉强强做一做也不干，当然更说不上我们有了那种能力了。

听人家说对于样样事物要仔细观察，才能懂得明白，心里相信这个话很有道理。这当儿，我们还不是已经有了观察的能力。

听人家说劳动是人人应做的事，一切的生活资料，一切的文明文化，都从劳动产生出来的，心里相信这个话很有道理。这当儿，我们还不是已经有了劳动的能力。

听人家说读书是充实自己的一个重要法门，书本里包含着古人今人的经验，读书就是向许多古人今人学习，心里相信这个话很有道理。这当儿，我们还不是已经有了读书的能力。

听人家说必须做个好公民，现在是民主的时代，个个公民尽责守分，才能有个好秩序，成个好局面，自己幸福，大家幸福，心里相信这个话很有道理。这当儿，我们还不是已经有了做好公民的能力。

这样说下去是说不完的，就此打住，不再列举。

要有观察的能力，必须真个用心去观察。要有劳动的能力，必须真个动手去劳动。要有读书的能力，必须真个把书本打开，认认真真去读。要有做好公民的能力，必须真个把公民应做的一切事认认真真去做。在相信人家的话很有道理的时候，只是个"知"罢了，"知"比"不知"似乎好些，但仅仅是"知"，实际上与"不知"并无两样。到了真个去观察去劳动……的时候，"知"才渐渐化为我们的习惯，习惯成自然，才是我们的能力。

通常说某人能力不强，就是某人没有养成多少习惯的意思。譬如说张三记忆力不强，就是张三没有把看见的听见的一些事物好好记住的习惯。譬如说李四发表力不强，就是李四没有把自己的思想和感情说出来写出来的习惯。

习惯养成的越多，那个人的能力越强。我们做人做事，需要种种能力，所以最要紧的是养成种种习惯。

养成习惯，换个说法，就是教育。教育不限于学校，也不限于读书。

学校教育只是教育的一部分，读书这门事也只是教育的一部分。我们在学校里受教育，目的在养成习惯，增强能力。我们离开了学校，仍然要从种种方面受教育，并且要自我教育，目的还是在养成习惯，增强能力。习惯越自然越好，能力越增强越好，孔子一生"学而不厌"，就为他看透了这个道理。

1945 年 4 月 26 日作

（原载《开明少年》创刊号（7 月 16 日），署名翰先）

几种赠品

两个月前，接到厦门寄来一封信。拆开来看，是不相识的广洽和尚写的；附带赠给我一张弘一法师最近的相片。信上说我曾经写过那篇《两法师》，一定乐于得到弘一法师的相片。料知人家欢喜什么，就让人家享有那种欢喜，遥远的阻隔不管，彼此还没相识也不管！这种情谊是非常可感的。我立刻写信回答广洽和尚；说是谢，太浮俗了，我表示了永远感激的意思。

相片是六寸的，并非"艺术照相"，布局也平常，跟身旁放着茶几，茶几上供着花盆茶盅的那些相片差不多。寺院的石墙作为背景，正受阳光，显得很亮；靠左一个石库门，门开着，画面就有了乌黑的长方形。地上铺着石板，平，干净。近墙种一棵树，比石库门高一点儿，平行脉叶很阔大，不知道是什么；根旁用低低的石栏围成四方形，栏内透出些兰草似的东西。一张半桌放在树前面，铺着桌布；陈设的是两叠经典，一个装着画佛的镜框子，还有一个花瓶，瓶里插着菊科的小花。这真所谓一副拍照的架子；依弘一法师的艺术眼光看来，也许会嫌得太呆板了。然而他对不论什么都欢喜满足，人家给他这样布置了请他坐下来的时候，他大概连连地说"好的，好的"吧。他端坐在半桌的左边；披着袈裟，折痕很明显；右手露出在袖外，拈着佛珠；脚上还是穿着行脚僧的那种布缕纽成的鞋。他现在不留胡须了，嘴略微右歪，眼睛细小，两条眉毛距离得很远；比较前几年，他显得老了，可是他的微笑里透露出更多的慈祥。相片上题着十个字："甲戌九月居晋水兰若造"，是他的亲笔；照相师给印在前方垂下来的桌布上，颇难看。然而我想，他看见的时候，大概也是连连地说"好的，好的"吧。

收到了照片以后不多几天，弘一法师托人带来两个瓷碟子，送给丏尊先生跟我。郑重地封裹着，一张纸里面又是一张纸；纸面写上嘱咐的话，请带来的人不要重压。贴着碟子有个字条子："泉州土产瓷碟二个，绘画美丽，堪与和兰瓷媲美，以奉丏尊圣陶二居士清赏。一音。"书法极随便，不像他写经语佛号的字幅那样谨严，然而没有一笔败笔，通体秀美可爱。

瓷碟子的直径大约三寸，土质并不怎样好，涂上了釉，白里泛点儿青，跟上海缸甏店里出卖的最便宜的碗碟差不多。中心画着折枝；三簇叶子像竹叶，另外几簇却又像蔷薇；花三朵，都只有阔大的五六瓣，说不来像什么；一只鸟把半朵花掩没了，全身轮廓作半月形，翅膀跟脚都没有画。叶子着的淡绿；花跟鸟头，淡硃；鸟身和鸟眼是几乎辨不清的淡黄。从笔姿跟着色看，很像小学生的美术课成绩。和兰瓷是怎样的，我没有见过；只觉得这碟子比那些金边的画着工细的山水人物的可爱。可爱在哪里，贪图省力的回答自然只消说"古拙"二字；要说得精到些，恐怕还有

旁的道理呢。

前面说起照片，现在再来记述一张照片。贺昌群先生游罢华山，寄给我一张十二寸的放大片。前几年他在上海，亲手照的相我见过好些，这一张该是他的"得意之作"了。

这一张是直幅，左边峭壁，右边白云，把画面斜分成两半。一条栈道从左下角伸出来，那是在山壁上凿成的仅能通过一个人的窄路；靠右歪斜地立着木栏干，有几个人扶着木栏干向上走。路一转往左，就只见深黑的一道裂缝；直到将近左上角，给略微突出的石壁遮没了。后面的石壁有三四处极大的凹陷，都深黑，使人想那些也许是古怪的洞穴。所有的石壁完全赤裸裸的，只后面的石壁的上部挺立着一丛柏树：枝条横生，疏疏落落地点缀着细叶，类似"国画"的笔法。右边半幅白云微微显出浓淡；右上角还有两搭极淡的山顶，这就不嫌寂寞，勾引人悠远的想象。——这里叫做长空栈，是华山有名的险峻处所。

最近接到金叶女士封寄的两颗红豆。附信大意说，家乡寄来一些红豆，同学看见了，一抢而光。这两颗还是偷偷地藏起来的，因为好玩，就寄给我。过一些时，还要变得鲜艳呢。从小读"红豆生南国"的诗，就知道"红豆"这个名称，可是没有见过实物。现在金叶女士使我长些见识，自然欢喜。

红豆作扁荷包形，跟大豆蚕豆绝不相像。皮砾红色，光泽；每面有不规则形的几搭略微显得淡些。一条洁白的脐生在荷包开口的部分，像小孩的指甲。红豆向来被称为树，而有这生在荚内的果实，大概是紫藤一般的藤本。豆粒很坚硬，听说可以久藏。如果拿来镶戒指，倒是别有意趣的。

这里记述了近来得到的几种赠品。比起名画跟古董来，这些东西尤其可贵，因为这些东西浸渍着深厚的情谊。

（原载 1935 年 2 月 15 日《新小说》月刊创刊号，
原名为《近来得到的几种赠品》，1983 年编入《叶圣陶散文甲集》
改题名为《几种赠品》）

过节

　　逢到节令，我们遵照老例祭祖先。苏州人把祭祖先特称为"过节"。别地方人买一些酒菜，大家在节日吃喝一顿，叫做"过节"；苏州人对于这两个字似乎没有这样用法。

　　过节以前，母亲早已把纸锭折好了。纸锭的原料是锡箔，是绍兴地方的特产。前几年我到绍兴，在一个土山上小立，只听得密集的市屋间传出达达的声音，互相应答，就是在那里打锡箔。

　　我家过节共有三桌。上海弄堂房子地位狭窄，三桌没法同时祭，只得先来两桌，再来一桌。方桌子仅有一只，只得用小圆桌凑数。本来是三面设座位的，因为椅子不够，就改为只设一面。杯筷碗碟拿不出整齐的全套，就取杂色的来应用。蜡盏弯了头。香炉里香灰都没有，只好把三支香搁在炉口就算。总之，一切都马虎得很。好在母亲并不拘于成规，对于这一切马虎不曾表示过不满。但是我知道，如果就此废止过节，一定会引起她的不快。所以我从没有说起废止过节。

供了香，斟了酒，接着就是拜跪。平时太少运动了，才过四十岁，膝关节已经硬化，跪下去只觉得僵僵的，此外别无所思。在满座的祖先中间，记忆得最真切的是父亲与叔父，因为他们过世最后。但是我不能想象他们与十几位祖先挤坐在两把椅子上举杯喝酒举筷吃菜的情状。又有一个十一岁上过世的妹妹，今年该三十八了，母亲每次给她特设一盘水果，我也不能想象她剥橘皮吐桃核的情状。

从前父亲叔父在日，他们的拜跪就不相同。容貌显得很肃穆，一跪三叩之后，又轻轻叩头至数十回，好像在那里默祷，然后站起来，恭敬地离开拜位。所谓"祭如在""临事而敬"，他们是从小就成为习惯了的。新教育的推行与时代的转变把古传的精灵信仰打破，把儒家的报本返始的观念看得并没有什么了不起，于是"如在"即"如"不起来，"临事"自不能装模作样地虚"敬"，只成为一种毫无意义的例行故事：这原是必然的。

几个孩子有时跟着我拜，有时说不高兴拜，也就让他们去。焚化纸锭却是他们欢喜干的事，在一个搪瓷面盆里慢慢地把纸锭加进去，看它们给火焰吞食，一会儿变成白色的灰烬，仿佛有冬天拨弄炭火盆那种情味。孩子们所知道的过节，第一自然是吃饭时有较好较多的菜；第二，这是家庭里的特种游戏，一年内总得表演几回的。至于祖先会扶老携幼到来，分着左昭右穆坐定，吃喝一顿之后，又带着钱钞回去：这在孩子是没法想象的，好比我不能想象父亲叔父会到来参加这家族的宴飨一样。从这一点想，虽然逢时过节，对于孩子大概不至于有害吧。

（原载 1935 年 7 月 15 日《创作》月刊第 1 卷第 1 期）

桡夫子

川江里的船，多半用桡子。桡子安在船头上，左一支右一支的间隔着。平水里推起来，桡子不见怎么重。推桡子的往往慢条斯理地推着，为的路长，犯不着太上劲，也不该太上劲。据推桡子的说，到了逆势的急水里，桡子就重起来，有时候要上一百斤。这在别人也看得出来，推桡子的把桡子推得那么重，身子前俯后仰的程度加大了。过滩的时候，非使上全身的气力，桡子就推不动。水势是这样的，船的行势是那样的，水那股汹涌的力量全压在桡子上。推桡子的脚蹬着船板，嘴里喊着"咋咋——呵呵呵"，是这些沉重的声音在叫船前进呢。过了滩，推桡子的累了，就又慢条斯理的了。

这些推桡子的，大家管他们叫"桡夫子"。

好些童话里说到永远摇着船的摆渡人，他老在找个替手，从他手里把桨接过去；一摆脱桨，他就飞一样地跑了，再不回头看一看他那摇了那么久的船了。在木船上二十多天，我们天天看桡夫子们做活，不禁想起他们就是童话里说的摆渡人。天天是天刚亮他们就起来卷铺盖。天天是喊号子的一声“喔——喔嗽——嗽”，弟兄伙就动手推桡子。天天是推过平水上流水，推过流水又是平水。天天是逢峡过峡，逢滩过滩。天天是三餐干饭。天天是歇力的时候抽一杆旱烟。天天听喊号子的那样唱：“哥弟伙，使力推，推上流水好松懈”“弟兄伙，用力拖，拢到地头有老酒喝”。这样，天天赶拢一个码头。随后，他们喝酒，耍钱，末了在船头上把铺盖打开，就睡在桡子旁边。

那个烧饭的（烧饭的管做饭，看太平舱，是船上的总务，他的工钱比别的桡夫子大）跟我们说起过：“到了汉口，随便啥子活路跟我说一个嘛，船上这个饭不好吃。”他说：“岸上的活路没得这么‘讨神’，一天三顿要做那么多人吃的，空下来还顶一根横桡，清早黑了又要看舱，是不是？船漏了是你的责任嘛。”他说：“这么点儿钱，哪儿不挣了？”他年纪还轻，人很精灵，想要放下手里的桨，换个新活路。在他看来，除了自己手上的都满不错。

别的桡夫子们，有好几个已经三十多了。一个十六七岁的，上一代也吃船上饭，也是推桡子的。这些人却不想放下手里的桨，都是每天不声不响地提起桡子，按着节拍一下一下推着。他们拿该拿的钱，吃该吃的饭，做该做的活。推船跟干别的活无非为了挣钱，他们干这一行，就吃这一行饭，靠这一行吃饭，永远靠这一行吃饭。“钱是各人各自挣的嘛，做得到哪一门活路，吃得成哪一门饭，未必是说着耍的，随随便便就拿钱给你挣了！”他们这样说。

我们下来的时候，从重庆到宜昌推一趟，每人拿得到四五万元。

在船开动的前一天，就散了一些工资。这是给桡夫子们安家买“捎带"的。"捎带"各人各买，有买川连的，有买炭砖的，有买柴火的，也有买饭箕的。买了各自扛上船，老板有地方给他们安放。老板说："我不得亏待你们，总有钱给你们办'捎带'的。"桡夫子们说："牲钱（工资）拿来有屁用！不办点'捎带'，回来扯不成洋船票，还走不到路呐。"这些"捎带"有赚有蚀。听到底下哪门货色行市，他们就办哪门。也许这已经是几个月前的信息了，也许根本就没有这回事。不过他们总是高高兴兴地把"捎带"办了来，找个顶落位的地方放好，心里想，也许在这上头可以赚一笔大钱呢。

1946 年 6 月 29 日作

（原载 7 月 4 日《文汇报》，署名叶圣陶）

在西安看的戏

住西安不满二十天，倒看了八回戏，易俗社两回，香玉剧社两回，尚友社、西北歌舞剧团、鄜鄠剧团、皮影戏各一回。西安人看戏的兴致似乎很高，除了我们看过的几处以外，还有好些剧团，听说处处满座，票不容易买。多数人能够哼两句秦腔或河南梆子，广播也常常播秦腔和河南梆子，喇叭底下聚集着低回不忍去的听众。

西安的戏院可以说属于旧形式。长方形，直里比横里长。长条椅一排排地正摆，挤得比较紧。两旁边栏干以外也容纳观众，那是偏着身子站着看的，票价特别便宜。房屋不怎么讲究，有几座用席顶棚。易俗社舞台沿的上方仿敦煌壁画画两个大型的飞天，回身凌空，彩带飘拂，比随便画些图案好看多了。用飞天作舞台的装饰，在别处还没见过。

听说一九五四年要修一座戏院，当然是新式的，设计的时候一定会考虑到怎样让买便宜票的也有座位。

在易俗社看两回秦腔，一回是整本戏《游龟山》，一回是六个单出戏。

戏都演得认真，排在前头的单出戏也没有从前戏院的习气，有气没力，敷敷衍衍，只顾陪着观众消磨时间。演员的地位和认识提高了固然有关系，另外的原因恐怕是观众老早到齐，一开场就坐得满满的，不像从前有些人那样直到末了儿一两出上场的时候才来，表示他们除了头牌的名角而外不屑一顾。既然有那么些人要看，而且是真心诚意地要看，就是戏排在前头，又怎么能草草了事？

小时候听秦腔，现在光记得贾碧云的《阴阳河》和《红梅阁》。贾碧云是京剧角色，带唱秦腔，当时很有些声名。只觉得那声音高亢极了，刺耳的胡琴和梆子之外就只是那么咿咿呀呀的，越顿越高，越顿越高，完全听不清唱些什么。不知道什么缘故，现在听秦腔不觉得那么高亢了，胡琴和梆子也不刺耳，演员唱得好，口齿清楚，我可以听懂七八成，唱得差的，也有三四成。

没有戏单，挂在两旁的黑板上写着白粉字——戏名和演员名，因而很难记住谁扮演谁。我光记住了一位女演员的名字，孟遏云，因为近旁的观众都在轻声屏气地说这个名字，她的演唱特别引人注意，还有我左手边一位老太太带着叹息的调子说她今晚来看戏就为看这个孟遏云。

外行人不能说内行话，况且唱歌是声音的事情，用语言来描摹很难见效，往往描摹了一大堆，人家还是捉摸不到什么，我也不预备描摹了。我只觉得孟遏云的声音有天分又有训练，训练达到了极端纯熟的境界，能够自由操纵，从心所欲，随时随地恰当地表达出剧中人的感情，因而她的唱有风格，有自己的东西，虽然别人唱起来，唱词和曲谱也全都是那么样。听她一句一句唱下去，你心中再不起旁的杂念，光受她的唱的支配。她的风格含着种种味道，领略那味道是一种愉快、一种享受，你唯恐错过了一丝半毫的愉快和享受,哪还有工夫想旁的?她的声音那么一转,一转之后又像游丝一样袅上去,你就默默点头,认为非那么一转袅上去不可。她把一个语音斩钉截铁地喷出来,才喷出来就划然煞住,你就咂咂嘴唇,认为唯有那样喷出来就煞住才恰到好处。这里所谓"认为"并非思维活动,简直是不意识,不过耳朵里感觉顺适,心里感觉舒服罢了。我们看了好的书画、精美的雕刻,同样会感觉到那种顺适和舒服。凡是艺术作品,合乎规格,又不仅合乎规格,还有独自的风格、独自的味道的,都能叫人感觉到那种顺适和舒服。——我说了这么些话并没有传出孟遏云的唱的好处,这是没有办法的事,要领略好处怕只有用耳朵去听。

我很想听听内行家的意见,不知道内行家对于孟遏云的唱怎么说。至于她的演技,我不再多说外行话了,总之,妥帖,老到,全身有戏,随时是戏。在《游龟山》里,她演江夏县的太太,又一回她演《探窑》里的王宝钏。《探窑》尤其酣畅淋漓。

常香玉的河南梆子,我看过她的《断桥》。她也有她的风格,能把感情充分地发挥。白娘娘的爱恋、怨恨、悲痛,听了她的唱似乎可以把实质给抓住。这回看了她的《花木兰》,印象当然也挺好。

我的一位朋友发表他的"读后感",他说《花木兰》的道白做工似乎过于京戏化了,减少了河南梆子的本色——某一剧种的某些本色应该保留还是改掉,该多保留还是少保留,是戏剧工作里值得讨究的题目。他又说花木兰胜利之后帐前独唱的时候如果有个舞蹈场面,戏也许更出色些。外行人不能下什么判断,愿意把朋友的意见记下来,供香玉剧社参考。

巧得很,在易俗社看了《拷红》,在香玉剧社也看了《拷红》。易俗社的《拷红》,饰红娘的是一位男角——很抱歉,没有记住他的姓名,一出场就看得出他是个守着旧典型的。所谓旧典型就是传统的规范，一举一动，一颦一笑，全有程式。可是他能不让程式拘住，把程式演活了，于是观众面前出现一个活泼伶俐随机应变的小红娘。

我想，我国各种旧戏都有它的程式，凡是成功的演员都是把程式演活了的——不知道这样说是不是切当。香玉剧社的《拷红》，老夫人、莺莺、红娘、张生四个角色铢两悉称，彼此配合得挺紧凑，一个在那里唱呀说的，跟另外一个或几个息息相关。这一层不太容易做到。可是观众爱看的是整台的戏，不是一个角色演戏，另外一个或几个只在旁边坐一坐，站一站。为了满足观众的要求，演员当然应当尽力做到这一层。

没有戏剧源流的知识，不知道秦腔和河南梆子的关系怎么样。推想起来，该是近房兄弟吧。不然，为什么西安人喜爱河南梆子那么强，只望香玉剧社老留在西安？再说，陕西跟河南接壤，一在关内，一在关外，地理上的关系也实在密切。据我想，这两种戏剧，还有其他几种地方戏，有个共通之点，就是唱句的音乐性很够味，可是听起来还是语言。音乐性够味，所以熟极的戏也愿意再去听一听，听那歌唱，听那演员的独自的风格——当然指有风格的而言。听起来还是语言，所以听歌唱同时领略戏的细微曲折，比较单就音乐方面听，感觉更见深切。

在我国各种戏剧里头，音乐性够味可是听起来几乎不成语言的，该数昆曲里的南曲了——北曲好一些。固然，曲词多用文言词藻，造句又属诗词一路，那是不容易一听就明白的一个原因。可是，更重要的原因在每唱一个字袅呀袅呀地转折太多了，叫人家光听见一连串的工尺上四合。就是能唱的曲家，要是请他听一支生曲子，恐怕除了一连串的工尺上四合也领略不多吧。曲词明明是语言（诗词一路的语言），可是听起来只是一连串的工尺上四合，不成语言。

在戏曲界"百花齐放，推陈出新"的今天，各种剧种都在那里发展呀改革的，情形热闹非凡，可是昆曲只有抱残守缺的份儿，道理也许就在这里。京戏旦角的某些唱段，我听起来也有一连串工尺上四合之感，就是说不知道说些什么，虽然觉得悦耳。我听秦腔和河南梆子就不然，一方面居然能欣赏唱的好处，另一方面又能听清它的语言，欣赏就包括戏剧的内容，不仅在音乐。凡有这个特征——音尔性够味，可是听起来还是语言——的歌剧，我想，前途都是光明的、乐观的。什么根据呢？根据就在我能够接受，非但能够接受，还能够欣赏，而我呢，至少可以代表一大部分并不内行可是喜欢看戏的观众。

看了西北歌舞剧团的《小二黑结婚》，我就想到一部分新歌剧似乎还没有前边所说的特征，唱词配了音乐，当然不像话剧那样，句句跟实际生活里的语言一致，而那音乐，不知道什么缘故，又不像秦腔和河南梆子那样，能使有天分的演员唱成独自的风格。于是，就语言方面听，不如话剧干脆、爽利、有实感，就音乐方面听，不如秦腔、河南梆子的耐人寻味，经得起咀嚼。有些新歌剧，我们看过一回，知道有那么一回事就算了，再不想看第二回，原由恐怕在此。新歌剧正在成长的阶段，得从各方面努力，是不是该在争取我所说的特征上多注点儿意，希望戏剧界考虑。

现在谈皮影戏。我们看的全本《火焰驹》。皮影戏各个登场人物的唱词道白大部分由一个人担任，只有少数几处由另外一个人搭配。唱的什么调我不知道，似乎属于"说唱"一路。

那皮人、皮道具的雕刻工细极了，饰色鲜艳极了，陈列在民间艺术品展览会里准可以列入上选。一切全用繁复的线条画成，只有人物的面部很简单，几笔勾出了生旦净丑，当然也有繁复的花脸。生的袍服，且的衣裙……全有图案花纹。一张桌子，一把椅子，也不厌其烦地尽量细雕，好像红木作里制成的精制品。小到一把扇子（要知道皮人只一尺来高，可以想像扇子多大了），并不剪成扇形就算，还要把它镂空，让扇面上有画。有几幅布景，那花丛全用工笔，那假山有宋元人画山石的意味，又古茂，又艳丽。

没看过皮影戏的也许不大明白那是怎么回事，现在大略说几句。可以拿傀儡戏作比方，傀儡戏是傀儡演戏，皮影戏是皮人演戏，举止行动同样由藏在背后的人操纵。不过皮人不像傀儡那样成个立体的形象，那是皮雕成的，只是一片，而且是侧影的一片，不朝左就朝右。后面亮着灯光，活动的皮人的影子映在垂直张挂的白布上，观众在白布前面就可以看戏了。

我们看戏看傀儡戏都在台前看，看正面。舞台有深度，因而有远近。元帅升帐，他的位置距离我们远些，帐前两旁站着四将，距离我们近些。看皮影戏可不然。我们虽然坐在白布前面，实际上等于坐在舞台侧边，只能看个侧面。无所谓远近，侧形的皮人全在一个平面上活动——一个平面就是那垂直张挂的白布。

看皮影戏得在意想中"除外"一些形象。换句话说，有些影子你得当作没看见。要让皮人的身躯跟四肢活动，不能不用几根细木签支使它，细木签的影子不能不映在白布上。要是不在意想中当作没看见那些细木签的影子，就觉得场面上的人物牵牵挂挂的，很不顺眼。还有，皮人本来朝左，一会儿要它朝右，这只有一个办法，把它翻转来。翻转来当然很快，真可以说"一刹那"，在"一刹那"间，侧面的人形成了稀奇古怪的形象。那稀奇古怪的形象也得"除外"，当作没看见，意想中只当它朝左的人物慢慢地转过身来朝右边。还有，皮影必须贴着白布，轮廓和线条才显得清楚，色彩才显得鲜明。

可是，皮人究竟拿在人的手里，总不免有些时候离开白布些儿，于是轮廓和线条朦胧了，色彩模糊了。那时候你最好闭一闭眼睛养养神，待皮人贴着了白布再看下去。

这些全是特质的条件的限制，既然要让"只是一片"的皮人演戏，就没法超越这些限制。我们只要想一想，所有登场的皮人全都由一个人的两只手操纵，居然可以演出整本的戏，摹仿真人的活动相当到家，也就不会有什么苛求了。

一个唱的，一个操纵皮人的，三四个奏音乐的，大概五六个人就可以搞一个皮影戏的班子。这样的简单，旁的戏班子无论如何赶不上。跟傀儡戏比起来似乎差不多，可是皮人比傀儡轻巧多了。在无戏可看的地区，皮影戏靠它的简单，四出流动，满足群众的需要。现在戏剧的供应已经比较普遍，今后更将普遍，僻远的农村也可以看到话剧、歌剧。我想，在换换口味的意义之下，那时候皮影戏还会是群众所喜见乐闻的。

1954 年 1 月 4 日作

（原载《戏剧报》2 月号，署名叶圣陶）

景泰蓝的制作

一天下午，我们去参观北京市手工业公司实验工厂，粗略地看了景泰蓝的制作过程。景泰蓝是多数人喜爱的手工艺品，现在把它的制作过程说一说。

景泰蓝拿红铜做胎，为的红铜富于延展性，容易把它打成预先设计的形式，要接合的地方又容易接合。一个圆盘子是一张红铜片打成的，把红铜片放在铁砧上尽打尽打，盘底就洼了下去。一个比较大的花瓶的胎分作几截，大概瓶口、瓶颈的部分一截，瓶腹鼓出的部分一截，瓶腹以下又是一截。每一截原来都是一张红铜片。把红铜片圈起来，两边重叠，用铁椎尽打，两边就接合起来了。要圆筒的哪一部分扩大，就打哪一部分，直到符合设计的意图为止。于是让三截接合起来，成为整个的花瓶。瓶底可以焊上去，也可以把瓶腹以下的一截打成盘子的形状，那就有了底，不用另外焊了。瓶底下面的座子，瓶口上的宽边，全是焊上去的。至于方形或是长方形的东西，像果盒、烟卷盒之类，盒身和盖子都用一张红铜片折成，只要把该接合的转角接合一下就是，也不用细说了。

制胎的工作其实就是铜器作的工作，各处城市大都有这种铜器作，重庆还有一条街叫打铜街。不过铜器作打成一件器物就完事，在景泰蓝的作场里，这只是个开头，还有好多繁复的工作在后头呢。

第二步工作叫掐丝，就是拿扁铜丝（横断面是长方形的）粘在铜胎表面上。这是一种非常精细的工作。掐丝工人心里有谱，不用在铜胎上打稿，就能自由自在地粘成图画。譬如粘一棵柳树吧，干和枝的每条线条该多长，该怎么弯曲，他们能把铜丝恰如其分地剪好曲好，然后用钳子夹着，在极稠的白芨浆里蘸一下，粘到铜胎上去。柳树的每个枝子上长着好些叶子，每片叶子两笔，像一个左括号和一个右括号，那太细小了，可是他们也要细磨细琢地粘上去。他们简直是在刺绣，不过是绣在铜胎上而不是绣在缎子上，用的是铜丝而不是丝线、绒线。

他们能自由地在铜胎上粘成山水、花鸟、人物种种图画，当然也能按照美术家的设计图样工作。反正他们对于铜丝好像画家对于笔下的线条，可以随着驱遣，到处合适。美术家和掐丝工人的合作，把景泰蓝器物推陈出新，博得多方面人士的爱好。

粘在铜胎上的图画全是线条画，而且一般是繁笔，没有疏疏朗朗只用少数几笔的。这里头有道理可说。景泰蓝要涂上色料，铜丝粘在上面，涂色料就有了界限。譬如柳条上的每片叶子由两条铜丝构成，绿色料就可以填在两条铜丝中间，不至于溢出来。其次，景泰蓝内里是铜胎，表面是涂上的色料，铜胎和色料，膨胀率不相同。要是色料的面积占得宽，烧过以后冷却的时候就会裂。还有，一件器物的表面要经过几道打磨的手续，打磨的时候着力重，容易使色料剥落。现在在表面粘上繁笔的铜丝图画，实际上就是把表面分成无数小块，小块面积小，无论热胀冷缩都比较细微，又比较禁得起外力，因而就不至于破裂、剥落。通常谈文艺有一句话，叫内容决定形式。咱们在这儿套用一下，是制作方法和物理决定了景泰蓝掐丝的形式。咱们看见有些景泰蓝上画的图案画，在图案画以外，或是红地，或是蓝地，只要占的面积相当宽，那里就嵌几条曲成图案形的铜丝。为什么一色中间还要嵌铜丝呢？无非使较宽的表面分成小块罢了。

粘满了铜丝的铜胎是一件值得惊奇的东西。且不说自在画怎么生动美妙，图案画怎么工整细致，单想想那么多密密麻麻的铜丝没有一条不是专心一志粘上去的，粘上去以前还得费尽心思把它曲成最适当的笔画，那是多么大的工夫！一个二尺半高的花瓶，掐丝就要花四五十个工。咱们的手工艺品往往费大工夫，刺绣、缂丝、象牙雕刻，全部在细密上显能耐。掐丝跟这些工作比起来，可以说不相上下，半斤八两。

刚才说铜丝是蘸了白芨浆粘在铜胎上的，白芨浆虽然稠，却经不住烧，用火一烧就成了灰，铜丝就全都落下来了，所以还得焊。先在粘满了铜丝的铜胎上喷水，然后拿银粉、铜粉、硼砂三种东西拌和，均匀地筛在上边，放到火里一烧，白芨成了灰，铜丝就牢牢地焊在铜胎上了。

随后就是放到稀硫酸里煮一下，再用清水洗。洗过以后，表面的氧化物和其他脏东西都去掉了，涂上的色料才可以紧贴着红铜，制成品才可以结实。

于是轮到涂色料的工作了，他们管这个工作叫点蓝。涂上的色料有好些种，不只是一种蓝色料，为什么单叫点蓝呢？原来这种制作方法开头的时候多用蓝色料，当然叫点蓝，就此叫开了（我们苏州管银器上涂色料叫发蓝，大概是同样的理由）。这种制品从明朝景泰年间十五世纪中叶开始流行，因而总名叫景泰蓝。

用的色料就是制颜色玻璃的原料，跟涂在瓷器表面的釉料相类。我们在作场里看见的是一块块不整齐的硬片，从山东博山运来的。这里头基本质料是硼砂、硝石和碱，因所含的金属矿质不同，颜色也就各异。大概含铁的作褐色，含铀的作黄色，含铬的作绿色，含锌的作白色，含铜的作蓝色，含金含硒的作红色……

他们把那些硬片放在铁臼里捣碎研细，筛成细末应用。细末里头不免搀和着铁臼上磨下来的铁屑，他们利用吸铁石除掉它。要是吸得不干净，就会影响制成品的光彩。看来研磨色料的方法得讲求改良。

各种色料的细末都盛在碟子里，和着水，像画家的画桌上一样，五颜六色的碟子一大堆。点蓝工人用挖耳似的家伙舀着色料，填到铜丝界成的各种形式的小格子里。大概是熟极了的缘故，不用看什么图样，自然知道哪个格子里该填哪种色料。湿的色料填在格子里，比铜丝高一些。整个表面填满了，等它干燥以后，就拿去烧。一烧就低了下去，于是再填，原来红色的地方还是填红色料，原来绿色的地方还是填绿色料。要填到第三回，烧过以后，色料才跟铜丝差不多高低。

现在该说烧的工作了。涂色料的工作既然叫点蓝，不用说，烧的工作当然叫烧蓝。一个烧得挺旺的炉子，燃料用煤，炉膛比较深，周围不至于碰着等着烧的铜胎。烧蓝工人把涂好色料的铜胎放在铁架子上，拿着铁架子的弯柄，小心地把它送到炉膛里去。只要几分钟工夫，提起铁架子来，就看见铜胎全体通红，红得发亮，像烧得正旺的煤。可是不大工夫红亮就退了，涂上的色料渐渐显出它的本色，红是红绿是绿的。

涂了三回烧了三回以后，就是打磨的工作了。先用金钢砂石水磨，目的在使成品的表面平整。所谓平整，一是铜丝跟涂上的色料一样高低，二是色料本身也不许有一点儿高高洼洼。磨过以后又烧一回，再用磨刀石水磨。最后用椴木炭水磨，目的在使成品的表面光润。椴木木质匀净，用它的炭来水磨，成品的表面不起丝毫纹路，越磨越显得鲜明光滑。旁的木炭都不成。

椴木炭磨过，看来晶莹灿烂，这有一点儿缺憾，成一件精制品了，可是全部工作还没完，还得镀金。金镀在全部铜丝上，方法用电镀。镀了金，铜丝就不会生锈了。

全部工作是手工，只有待打磨的成品套在转轮上，转轮由马达带动的皮带转动，算是借一点儿机械力。可是拿着蘸水的木炭、磨刀石挨着转动的成品，跟它摩擦，还得靠打磨工人的两只手。起瓜楞的花瓶就不能套在转轮上打磨，因为表面有高有低，洼下去的地方磨不着。那非纯用手工打磨不可。

1955 年 1 月 2 日作

（原载 1955 年 3 月 22 日《旅行家》月刊第 3 期）

刺绣和缂丝

最近在苏州参观江苏省工艺美术研究所。敞亮的工作室里，著名的金静芬老太太与好些中年妇女和女青年在那里刺绣，大多是赶制"七一"的献礼品。谁都像忘了自己似的，全神贯注在一上一下的针线上，使参观的人不敢轻轻地咳嗽一声，不敢让脚步有一点儿声音。"绷架"上或是大幅，或是小品，大幅几个人合作，小品一个人独绣。花线渐渐填充双钩的底稿，于是一只有神的眼睛出现了，一张娇艳的嫩叶出现了，层叠的峰峦显出了明暗，烂漫的花朵显出了阴阳。

大凡工艺美术的活儿，要是要求不高，竟可以说人人干得来。譬如刻图章，说容易真容易，阴文只要把字的笔画刻掉，阳文只要把字的笔画留着。有些小学生中学生爱找一块图章石买一把刻刀来玩儿，原由之一就在刻图章这么容易。

但是要讲布局，要讲刀法，要讲整个图章的韵味，就连积年的老手也未必个个图章都能踌躇满志。刺绣这活儿，无非拿花线填充底稿而已，只要针针刺在界限上，线跟线不散开也不重叠，就成了，这还不容易？但是要讲选用花线颜色恰到好处，要讲丝毫不露针线痕迹，要讲整幅绣品站得起来，透出生气和活力，就跟画家画一幅惬心之作一样，是不怎么容易的艺术造诣。

有些绣品诚然平常，如演员身上穿的戏衣，如百货店柜台里陈列的椅垫枕套。我看江苏省工艺美术研究所完成的绣品，却几乎幅幅是惬心之作，是不用画笔而用针线画成的好画。在从前，谁绣出这么一两幅，人家就交口赞誉，称为"针神"了。而现在"针神"竟有这么多，静静地坐在那里刺绣的老年中年青年人全都是"针神"！百花齐放的时代啊！她们的成品在好些刺绣车间里是制作的楷模，在展览会和陈列馆里是引人注目的展品，在国际交往间是最受欢迎的礼物，需要那么多，因而经常供不应求。

新创的针法听说有好多种，没仔细打听，说不上来。研究所正在写稿子，总结种种经验，我很盼望早日成书问世，虽然完全隔行，也乐于知其梗概。

一句话给我印象很深，说努力的方向在使画面富于立体感。的确，我们看见的旧时的佳绣，工致匀净有余，生动活泼不足，换句话说，就是缺少立体感。

要画面富于立体感，就是说，绣品要超过旧时的佳绣，真够得上称为生动活泼的好画。这个方向定得好，见出革新的精神和追求的勇气。而摆在面前的绣品，几乎幅幅是好画，又可见新针法新经验已经起了作用，所谓富于立体感，已经在艺术实践中做到了。

刺绣固然不是垂绝之艺，可是一代一代传下来，艺术上的发展不怎么大。现在多数人集体钻研，共同实践，有意识地要它发展，发展果然极大，往后精益求精，前途何可限量。这儿我只是就苏绣而言，此外如湘绣广绣，虽然知道得很少，想必跟苏绣一样，近年来艺术上也有大发展，为历来所不及。

从刺绣我又联想到同属工艺美术的木刻水印术，十年来的发展多大啊！十年以前，表现北京荣宝斋最高造诣的是《北平笺谱》和《十竹斋笺谱》，到现在，《文苑图》和《夜宴图》的复制品挂在荣宝斋的橱窗里了。要不是亲眼看见，亲耳听说，很难相信从比较简单的笺谱发展到《文苑图》《夜宴图》那样要印几百次才完成的工笔绢画（《夜宴图》现在才复制一段，五段复制齐全，估计要印一千八百次），只有十年工夫。

总而言之，各种工艺美术像是结伴合伙似的，赶在最近这十年间都来个大大的发展。这几乎不须列举若干个为什么，套用一句"其故可深长思矣"也就够了。

对于女青年，研究所规定常课，要她们练习绘画。这个措施极有意义。既然要用针线画画，练习用画笔画画自然有很大好处，从这中间通达画理，无论选线运针就都有另外一副眼光了。我知道在那里刺绣的老年中年人，她们年青的时候没受过这种基本训练。她们从小学刺绣，无非练成个手艺，贴补些家用而已，精不精并非主要考虑的事，偶尔有几个人用力勤，用心专，天分又比较高些，才成为好手。现在不同于她们年青的时候了，刺绣是工艺美术之一，要学就非精不可，于是注重基本训练，借以保证人人能精。这是现在青年的好运气，也是刺绣艺术的好运气。

研究所里不仅刺绣一门，还有缂丝，象牙雕刻，黄杨浮刻，这几门也是制作兼研究，所以这机关叫做工艺美术研究所。

现在光说缂丝。缂丝是始于宋代的一种丝织工艺，宋以来的缂丝佳作，现在在少数几个博物馆里还可以看到。在清代，苏州担负了皇家的织造任务，缂丝就在苏州流传，织工聚集在城北叫陆墓的小镇上，主要织造宫中所用的袍料。近几十年来，干这一行的越来越少了，知道什么叫缂丝的也不太多了，缂丝成为垂绝之艺了。

一九五五年初冬我到苏州去，那时候刺绣合作社刚组织起来（就是研究所的前身），就从陆墓请来几位老艺人，让他们传授这个垂绝之艺，其中一位姓沈，七十多了。这一回没见着沈老，听说他还健康。堪喜的是现在不织什么袍料，而是继承着宋以来佳作的传统，织优秀的画幅了。更堪喜的是老一代培养年青一代，缂丝这一种工艺不仅保存下来，而且将像刺绣一个样，老树枝上开出新鲜的花朵。

缂丝是怎么一回事呢？不妨拿刺绣来比较，刺绣是在现成的料子上加工，绣出图画或是文字，缂丝是在织作的时候织出图画或是文字，织料子织花纹一气呵成。

缂丝又跟织彩缎文锦不一样。彩缎文锦也是织料子织花纹一气呵成的，因为图案有规则，彩色有限制，依靠纹工的事先安排，各色纬线一梭去一梭来，梭梭都径直穿过。

缂丝可不一定织图案，彩色看稿样而定，譬如稿样是一幅花卉，彩色很复杂，每种彩色又有不同程度的深淡，缂丝都得照样织出来。这就不是纹工所能事先安排的了，只能把花卉画的轮廓描在经线上，用小梭子引着深淡不同的各色纬线，看准稿样的彩色一截一截地织，某一梭该三根经线宽就织三根经线，某一梭该五根经线宽就织五根经线。两脚踩着织机的踏板，牵动经线一上一下。一堆小梭子搁在旁边。手里拿个小铁篦挑起几根经线，就捡一个适当的小梭子穿过去，随即用小铁篦轻轻地把织上的纬线贴紧。整幅缂丝就是这样织成的，真是磨细了心思的工作。

我怀着这样一个愿望，把一些工艺美术的制作过程写下来，要写得清楚明白，让不知道的人仿佛亲眼看见了似的。这儿写缂丝，自己觉得未能满足这个愿望。这是了解不透彻，观察不细密的缘故，我很抱愧。

1961 年 6 月 17 日作

（原载《人民文学》6、7 号合刊，署名叶圣陶）

读书的态度

不要盲从「开卷有益」的成语，也不要相信「为读书而读书」的迂谈。要使书为你自己所用，不要让你自己去做书的奴隶。

诗的泉源

　　当"诗人"这两个音给我听到、"诗人"这两个字给我看见的时候，我总感觉不大自然，或者说于耳于目不大顺适。这或者是由于我的偏见。我以为"诗人"指的是一种特异的人，并且有把这种特异的人与一般大众区别开来的意思。人家或者说，"我们发出这两个音，写出这两个字，本意就是这样。"但是我感到不自然，不顺适。

　　人家又常说"作诗"或是"写诗"，一样地足以立刻引起我的那种感觉。有些人刻刻在那里搜寻和期待，他们的经心比猎人猎取野兽的还要加胜，这也使我代他们感到彷徨不安。他们看这个"作"或"写"好像也是生活中不可或缺的一件事，正如吃饭和做工。在一定的时间内没有新的诗篇产出，就觉得异样地不安宁，正如饥饿和闲散无聊的时候所感受的。

　　我的意思浅薄而固执，我认为"诗人"这个名字和"农人""工人"不一样，不配成立而用来指一种特异的人。世间没有除了"作诗""写诗"以外就无所事事的，仅仅名为一个"诗人"的人。"作诗"或"写诗"也和"吃饭""做工"不同，不是生活中不可或缺的事，不做就有感到缺少了什么的想念。换一句说，这算不得一回事。

我并非看轻"诗人"，鄙薄到不愿意用这个名字来称呼谁；也不是厌恶"作诗"或"写诗"，说无论如何我们不该这么做。我只不愿意我们做一个被特异称呼的"诗人"，不愿意我们比猎人猎取野兽更经心地"作诗"或"写诗"。

诗是什么的问题，很惭愧不能明确地解答出来。但是也可以作护短的说辞：即解答出来了，于诗的世界又有什么益处？

还是回过来探索诗的泉源吧。假若没有所谓人类，没有人类这么生活着，就没有诗这种东西。这是一句幼稚可笑的话，聪明的人或者要冷笑着说："何止是诗？哪一件人事不是这个样子？"固然，一切人事都是这个样子，都因为人类这么生活着所以才有。生活是一切的泉源，也就是诗的泉源。所以说到诗就要说到生活——并不为要达到作诗的目的才说到生活。我们生而为人，怎能不说到生活呢？

两个不同的形容词加到生活上去，表示出生活的相反的两端的，通用的是"空虚"和"充实"。判定生活的属于哪一端，由于各人的内观，而旁人为客观的观察，往往难得其真。我们常常欢喜代人家设想，说这个人的生活何等空虚，那个人的生活何等不充实。其实所谓这个人和那个人未必感到这等的缺憾，所以不一定同我们一样设想。现在欲避免这一层错误，只得就我们内观所得的来说。

听说佛宗有所谓"禅定"的一个法门，不声不见，不虑不思，用来注释空虚的生活或是最适切的了。我们虽不讲什么禅定，却有时也入于相类的境界。不事工作，也不涉烦闷，不欣外物，也不动内情，一切只是淡

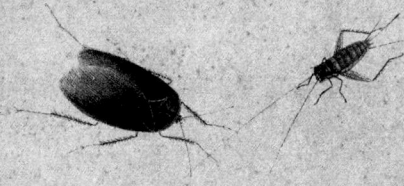

漠和疏远，统可加上一个消极的"不"字。好的生活和坏的生活都是积极的，惟有这"一切不"的生活是异样地空虚。但是我们确有时过这一种生活，或者延绵下去，至于终身。

反过来说，别一种生活就是"不一切不"的。有工作则不绝地工作，倦于工作则深切地烦闷，强烈地颓废；对美善则热跃地欣赏赞美，对丑恶则悲悯地咒诅怜念；情感有所倾注，思虑有所系属；总之，一切都深浓和亲密。无论这是好的生活，足以欣喜恋慕的，或是坏的生活，足以悲伤厌弃的，但本身内观的当儿总觉得这生活的丰富和繁茂。明白地说，就是觉得里面包含着许多东西，好像一个饱满的袋子。这就是所谓充实的生活。

现在说到诗。空虚的生活是个干涸的泉源，也可说不成泉源，哪里会流出诗的泉来？因为它虽名为生活，而顺着它的消极的倾向，几乎退入于不生活了。惟有充实的生活是汩汩无尽的泉源。有了源，就有泉水了。所以充实的生活就是诗。这不只是写在纸面上的有字迹可见的诗啊。当然，写在纸面就是有字迹可见的诗。写出与不写出原没有什么紧要的关系，总之生活充实就是诗了。我常这么妄想：一个耕田的农妇或是一个悲苦的矿工的生活比一个绅士先生的或者充实得多，因而诗的泉源也比较的丰富。我又想，这或者不是妄想吧。

我们将以"诗人"两字加到哪一类人的身上去呢？若说凡是生活充实的人便是诗人，似乎有点奇怪；或者专以称呼曾经写出些诗来的人，又觉得不妥。固然，有些人从充实的生活的泉源里疏引些泉水，写出些诗篇来。这不过是他们高兴这样做，有写作的冲动，别的人只是没有这种冲动罢了。只将"诗人"称呼他们，对于同他们一样地具有充实的生活的人又将怎样呢？

由高兴和冲动所引出的事似乎与生活中不可或缺的事有点区别。我们由于高兴而去游山，或者由于冲动而长啸一声，不能说游山和长啸就是不可或缺的事。我们若是具有充实的生活，可以不用经心，问什么要不要从那里疏引些泉水出来。忽然高兴，忽然冲动，就写出些字迹，成为纸面的诗篇。一辈子不高兴，不冲动，就一辈子不写，但我们的诗篇依然存在。特地当它一回事，像猎人那样搜寻和期待，这算什么呢？

　　这是从高兴写、有写的冲动的一方面说。因为生活充实，除非不写，写出来没有不真实不恳切的，决没有虚伪浮浅的弊病。丰盈澄澈的泉源自然流出清泉。所以描写工作，就表出厚实的力量；发抒烦闷，就成为切至的悲声；赞美则满含春意；咒诅则力显深痛；情感是深浓热烈的；思虑是周博正确的。这等的总称，便是"好诗"。好诗的成立不在乎写出的人被称为"诗人"，也不在乎写出的人有了这写出的努力，而在乎他有充实的生活的泉源啊。

　　生活空虚的人也可以写诗，但只是诗的形罢了。写了出来的好诗既然视而可见，诵而可听，自然凝固为一个形。形往往成为被摹拟的。西子含矉，尚且有人仿效呢。所以到我们眼睛里的诗有满篇感慨，实际却浑无属寄的，有连呼爱美，实际却未尝直觉的；情感呢，没有，思虑呢，没有，仅仅具有诗的形而已。汲无源的泉水，未免徒劳；效西子的含矉，益显丑陋。人若不是愚笨，总不愿意这样做吧。

1922 年 5 月 17 日作

第一口的蜜

　　欣赏力的必须养成，实已是不用说明的了。湖山的晨光与暮霭，舟子同樵夫未必都能够领略它们的佳趣。名家的绘画与乐曲，一般人或许只看见一簇不同的色彩，只听见一阵繁喧的音响。一定要有个机会，得将整个的心对着湖山绘画乐曲等等，而且深入它们的底里，像蜂嘴的深入花心一样。于是第一口的蜜就尝到了，一次的尝到往往引起难舍的密恋，因而更益去寻觅，更益去吸取。譬诸蜂儿，好花遍野，蜜亦无穷，就永永以蜜为生了。

　　所以这个机会最重要。它若来时，随后的反复修炼渐进高深，实与水流云行一样是自然的事。最坏的是始终没有这个机会。譬如无根之草，又怎能加什么培养之功呢？任你怎样好的艺术陈列在面前，总仿佛隔着一幅无形的黑幕，只有彼此全不相干罢了。

　　可是这个机会并不是纯任因缘的，我们自己能够做得七八分儿的主；只要我们拿出整个的心来对着湖山等等，同时我们就得到机会了。什么事情权柄在自己手里时，总不用忧虑。现在就文艺一端说，我们且不要斥责著作家的太不顾人家，且不要怨恨批评家的不给人引路；我们还是使用固有的权柄来养成自己的欣赏力罢。

如果我们存着玩戏的心来对一切的文艺，我们就劫夺了自己的幸福了。玩戏的心只是一种残余的如灰的微力，只能飘浮在空际，附着于表面，独不能深入一切的底里。更就实际生活去看，只有庄严地诚挚地做一件事情才做得好。假若是玩戏的态度，便不能够写好一张字，画好一幅画，踢好一场球，种好一簇花，甚至不能够讲好一个笑话。对于文艺，当然终于不会欣赏了。我们应以教士跪在祭台前面的虔意，情人伏在所欢怀里的热诚，来对所读的文艺。这时候不知有别的东西，只有我们的心与所读的文艺正通着电流。更进一步，我们不复知有心与文艺，只觉即心即文艺，浑和不分了。于是我们可以听到作者低细的叹息，可以感到作者微妙的愉悦；就是这听到这感到，我们便仿佛有了全世界。于是我们尝到第一口的蜜了。

如果我们存着求得的心来对一切的文艺，我们就杜绝了精美的体味了。求得的心总要连带着伸出一只无形的手来，仿佛说：给我一点什么。心在手上，便不能再在对象上；即使在对象上还留着一点儿，总不能整个的注在上边。如是，我们要求的是甲，而文艺并不给我们甲，我们要求的是乙，而文艺又并不给我们乙；我们只觉得文艺是个吝啬不过的东西，不得不与它疏远了。其实我们先不该向文艺求得什么东西。我们不要希望从它那里得到一点知识，学会一些智慧，我们又不一定要从它那里晓得什么伟大的事情，但也不一定要晓得什么微细的生活。我们应当绝无要求，读文艺就只是读文艺。这时候我们的心如明镜一般，而且比明镜还要澄澈，不仅仅照得见一片的表面。而我们固有的知识智慧感情经验与文艺里边的情事境界发生感应，就使我们陶然如醉，恍然如悟，入于一种难以言说的快适的心态。于是我们尝到第一口的蜜了。

我们是读者，不要被玩戏的心求得的心使着魔法，把我们第一口的蜜藏过了。

1923 年 8 月 14 日发表

读书的态度

最近各地举行读书运动，从报纸杂志上可以看到许多讨论读书指导读书的文章。

"九一八"事件发生以后，全国青年非常激动，大家想拿出自己的一份力量来对付国家的厄运；可是有些学者却告诉他们一句话，叫作"读书救国"。"读书"两个字就此为青年所唾弃。青年看穿了学者的心肠，知道这无非变戏法的人转移观众注意力的把戏，怎能不厌听"读书呀读书"那种丑角似的口吻？要是说青年就此不爱读书，这却未必。

读书有三种态度。一种是绝对信从的态度，凡是书上说的话就是天经地义。一种是批判的态度，用现实生活来检验，凡是对现实生活有益处的，取它，否则就不取。又一种是随随便便的态度，从书上学到些什么，用来装点自己，以便同人家谈闲天的时候可以应付，不致受人家讥笑，认为一窍不通。

顽固的人对于经书以及笼统的所谓古书，是抱第一种态度的。他们或许是故意或许是无心，自己抱了这种态度，还要诱导青年也抱这种态度。青年如果听从了他们，就把自己葬送在书里了。玩世的人认为无论什么事都只是逢场作戏，读书当然不是例外，所以抱的是第三种态度。世间唯有闲散消沉到无可奈何的人才会玩世；青年要在人生的大道上迈步前进，距离闲散消沉十万八千里，自然不会抱这种态度。青年应当抱而且必须抱的是第二种态度。要知道处理现实生活是目的，读书只是达到这个目的的许多手段之一。不要盲从"开卷有益"的成语，也不要相信"为读书而读书"的迂谈。要使书为你自己所用，不要让你自己去做书的奴隶。这点意见虽然浅薄，对于被围在闹嚷嚷的读书声中的青年却是有用的。

1935 年 5 月 1 日作

（原载《中学生》杂志 55 号）

驱遣我们的想象

在原始社会里，文字还没有创造出来，却先有了歌谣一类的东西。这也就是文艺。

文字创造出来以后，人就用它把所见所闻所想所感的一切记录下来。一首歌谣，不但口头唱，还要刻呀，漆呀，把它保留在什么东西上（指使用纸和笔以前的时代而言）。这样，文艺和文字就并了家。后来纸和笔普遍地使用了，而且发明了印刷术。凡是需要记录下来的东西，要多少份就可以有多少份。于是所谓文艺，从外表说，就是一篇稿子，一部书，就是许多文字的集合体。

当然，现在还有许多文盲在唱着未经文字记录的歌谣，像原始社会里的人一样。这些歌谣只要记录下来，就是文字的集合体了。文艺的门类很多，不止歌谣一种。古今属于各种门类的文艺，我们所接触到的，可以说，没有一种不是文字的集合体。

文字是一道桥梁。这边的桥堍站着读者，那边的桥堍站着作者。通过了这一道桥梁，读者才和作者会面。不但会面，并且了解作者的心情，和作者的心情相契合。

先就作者的方面说。文艺的创作决不是随便取许多文字来集合在一起。作者着手创作，必然对于人生先有所见，先有所感。他把这些所见所感写出来，不作抽象的分析，而作具体的描写，不作刻板的记载，而作想象的安排。他准备写的不是普通的论说文、记叙文；他准备写的是文艺。他动手写，不但选择那些最适当的文字，让它们集合起来，还要审查那些写下来的文字，看有没有应当修改或是增减的。总之，作者想做到的是：写下来的文字正好传达出他的所见所感。

现在就读者的方面说。读者看到的是写在纸面或者印在纸面的文字，但是看到文字并不是他们的目的，他们要通过文字去接触作者的所见所感。

如果不识文字，那自然不必说了。即使识了文字，如果仅能按照字面解释，也接触不到作者的所见所感。王维的一首诗中有这样两句：

大漠孤烟直，
长河落日圆。

大家认为佳句。如果单就字面解释，大漠上一缕孤烟是笔直的，长河背后一轮落日是圆圆的，这有什么意思呢？或者再提出疑问：大漠上也许有几处地方聚集着人，难道不会有几缕的炊烟吗？假使起了风，烟不就曲折了吗？落日固然是圆的，难道朝阳就不圆吗？这样地提问，似乎是在研究，在考察，可是也领会不到这两句诗的意思。要领会这两句诗，得睁开眼睛来看。看到的只是十个文字呀。不错，我该说得清楚一点：在想象中睁开眼睛来，看这十个文字所构成的一幅图画。这幅图画简单得很，景物只选四样，大漠、长河、孤烟、落日，传出北方旷远荒凉的印象。给"孤烟"加上个"直"字，见得没有一丝的风，当然也没有风声，于是更来了个静寂的印象。给"落日"加上个"圆"字，并不是说唯有"落日"才"圆"，而是说"落日"挂在地平线上的时候才见得"圆"。圆圆的一轮"落日"不声不响地衬托在"长河"的背后，这又是多么静寂的境界啊！一个"直"，一个"圆"，在图画方面说起来，都是简单的线条，和那旷远荒凉的大漠、长河、孤烟、落日正相配合，构成通体的一致。

像这样驱遣着想象来看，这一幅图画就显现在眼前了，同时也就接触了作者的意境。读者也许是到过北方的，本来觉得北方的景物旷远、荒凉、静寂，使人怅然凝望。现在读到这两句，领会着作者的意境，宛如听一个朋友说着自己也正要说的话，这是一种愉快。读者也许不曾到过北方，不知道北方的景物是怎样的。现在读到这两句，领会着作者的意境，想象中的眼界就因而扩大了；并且想想这意境多美，这也是一种愉快。假如死盯着文字而不能从文字看出一幅图画来，就感受不到这种愉快了。

上面说的不过是一个例子。这并不是说所有文艺作品都要看作一幅图画，才能够鉴赏。这一点必须弄清楚。

再来看另一些诗句。这是从高尔基的《海燕》里摘录出来的。

　　　　白蒙蒙的海面上，风在收集着阴云。在阴云和海的中间，得意洋洋地掠过了海燕……

　　　　……

海鸥在暴风雨前头哼着，——哼着，在海面上窜着，愿意把自己对于暴风雨的恐惧藏到海底里去。

潜水鸟也在哼着——它们这些潜水鸟，够不上享受生活的战斗的快乐！轰击的雷声就把它们吓坏了。

蠢笨的企鹅，畏缩地在崖岸底下躲藏着肥胖的身体……

只有高傲的海燕，勇敢地，自由自在地，在泛着白沫的海面上飞掠着。

……

——暴风雨！暴风雨快要爆发了！

勇猛的海燕，在闪电中间，在怒吼的海上，得意洋洋地飞掠着，这胜利的预言者叫了：

——让暴风雨来得厉害些吧！

如果单就字面解释，这些诗句说了一些鸟儿在暴风雨之前各自不同的情况，这有什么意思呢？或者进一步追问：当暴风雨将要到来的时候，人忧惧着生产方面的损失以及人事方面的阻障，不是更要感到不安吗？为什么抛开了人不说，却去说一些无关紧要的鸟儿？这样地问着，似乎是在研究，在考察，可是也领会不到这首诗的意思。

要领会这首诗，得在想象中生出一对翅膀来，而且展开这对翅膀，跟着海燕"在闪电中间，在怒吼的海上，得意洋洋地飞掠着"。这当儿，就仿佛看见了聚集的阴云，耀眼的闪电，以及汹涌的波浪，就仿佛听见了震耳的雷声，怒号的海啸。同时仿佛体会到，一场暴风雨之后，天地将被洗刷得格外清明，那时候在那格外清明的天地之间飞翔，是一种无可比拟的舒适愉快。"暴风雨有什么可怕呢？迎上前去吧！叫暴风雨快些来吧！让格外清明的天地快些出现吧！"这样的心情自然萌生出来了。回头来看看海鸥、潜水鸟、企鹅那些东西，它们苟安、怕事，只想躲避暴风雨，无异于不愿看见格外清明的天地。于是禁不住激昂地叫道："让暴风雨来得厉害些吧！"

像这样驱遣着想象来看，这才接触到作者的意境。那意境是什么呢？就是不避"生活的战斗"。唯有迎上前去，才够得上"享受生活的战斗的快乐"。读者也许是海鸥、潜水鸟、企鹅似的人物，现在接触到作者的意境：感到海燕的快乐，因而改取海燕的态度，这是一种受用。读者也许本来就是海燕似的人物，现在接触到作者的意境，仿佛听见同伴的高兴的歌唱，因而把自己的态度把握得更坚定，这也是一种受用。假如死盯着文字而不能从文字领会作者的意境，就无从得到这种受用了。

我们鉴赏文艺，最大目的无非是接受美感的经验，得到人生的受用。要达到这个目的，不能够拘泥于文字。必须驱遣我们的想象，才能够通过文字，达到这个目的。

1937 年 3 月作

（原载《新少年》）

书·读书

书是什么？这好像是个愚问，其实应当问。

书是人类经验的仓库。这样回答好像太简单了，其实也够了。

如果人类没有经验，世界上不会有书。人类为了有经验，为了要把经验保存起来，才创造字，才制作书写工具，才发明印刷术，于是世界上有了叫作"书"的那种东西。

历史书，是人类历代生活下来的经验。地理书，是人类对于所居的地球的经验。物理化学书，是人类研究自然原理和物质变化的经验。生物博物书，是人类了解生命现象和动植诸物的经验。——说不尽许多，不再说下去了。

把某一类书集拢来，就是人类某一类经验的总仓库。把所有的书集拢来，就是人类所有经验的总仓库。

人类的经验不一定写成书，那是当然的。人类所有的经验假定它一百分，保存在那叫作"书"的总仓库里的必然不到一百分。写成了书又会遇

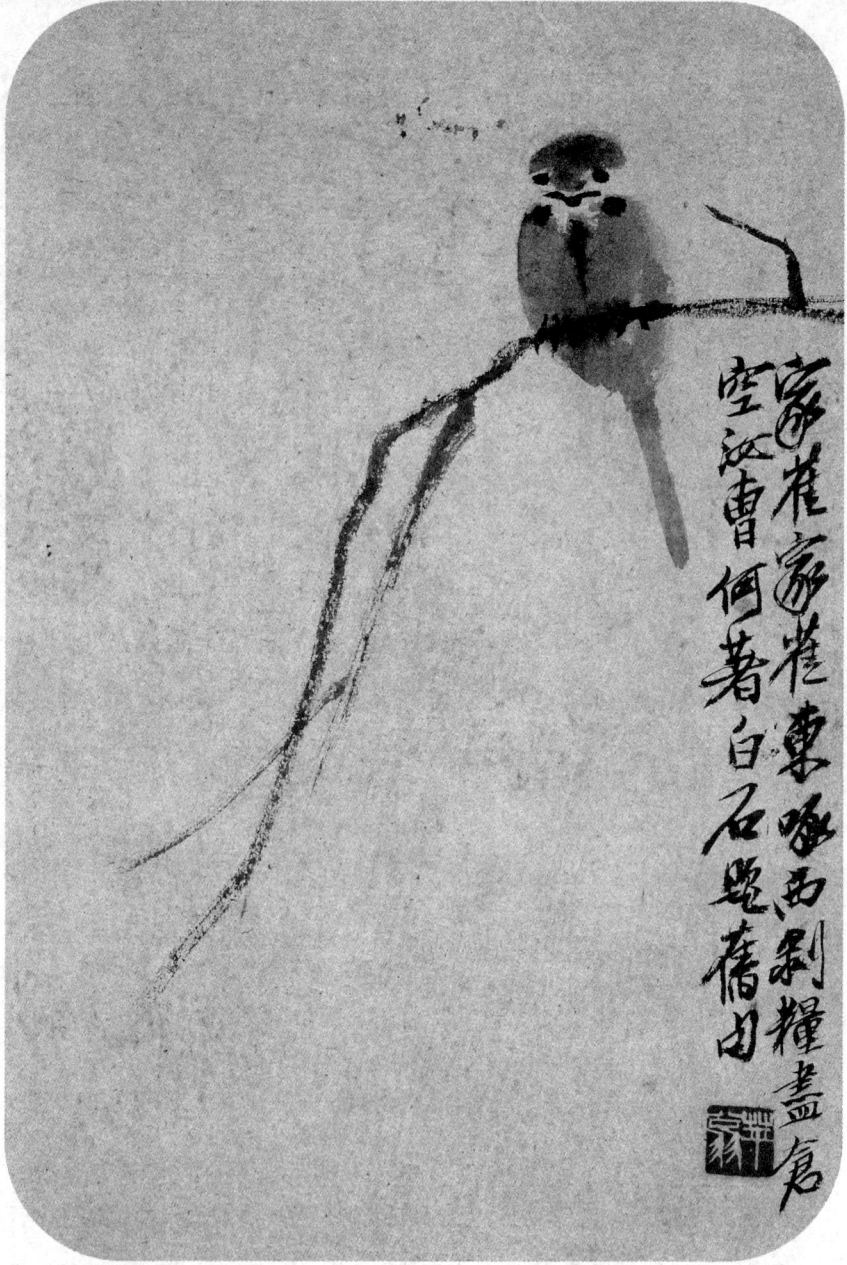

家雀家雀東啄西剌糧盡倉
空江曹何著白石老屋僑日

到磨难，来一回天灾，起一场战祸，就有大批的书毁掉失掉，又得从那不到一百分中间减少几成。

虽然不到一百分，那叫作"书"的总仓库到底是万分可贵的。试想想世界上完全没有书的情形吧。那时候，一个人怀着满腔的经验，只能用口告诉旁人。告诉未必说得尽，除下来的唯有带到棺材里去，就此永远埋没。再就接受经验的一方面说，要有经验，只能自己去历练，否则到处找人请教。如果自己历练不出什么，请教又不得其人，那就一辈子不会有太多的经验，活了一世，始终像个泄了气的皮球，瘪瘪的。以上两种情形多么可惜又可怜啊！有了叫作"书"的仓库，谁的经验都可以收纳进去，谁要经验都可以自由检取，就没有什么可惜又可怜了。虽说不能够百分之百地保存人类所有的经验，到底是一件非常了不起的事情。人类文明发展到如今的地步，可以说，没有叫作"书"的仓库是办不到的。

仓库里藏着各色各样东西，一个人不能完全取来使用。各色各样东西太繁富了，一个人太渺小了，没法完全取来使用，而且实际上没有这个必要。只能把自己需用的一部分取出来，其余的任他藏在仓库里。

同样的情形，一个人不能尽读所有的书。只能把自己需用的一部分读了，其余的不去过问。

仓库里藏着的东西不一定完全是好的，也有霉的，烂的，不合用的。你如果随便取一部分，说不定恰正取了霉的，烂的，不合用的，那就于你毫无益处。所以跑进仓库就得注意拣选，非取那最合用的东西不可。

同样的情形，一个人不能随便读书。古人说"开卷有益"，好像不问什么书，你能读它总有好处，这个话应当修正。不错，书中包容的是人类的经验，但是，那经验如果是错误的、过时的，你也接受它吗？接受了错误的经验，你就上了它的当。接受了过时的经验，你就不能应付当前的生活。所以书非拣选不可。拣选那正确的，当前合用的书来读，那才"开卷有益"。

　　所谓经验，不仅是知识方面的事情，大部分关联到实际生活，要在生活中实做的。譬如说，一本卫生书是许多人对于卫生的经验，你读了这本书，明白了，只能说你有了卫生的知识。必须你饮食起居都照着做，身体经常保持健康，那时候你才真的有了卫生的经验。

　　看了上面说的例子，可以知道读书顶要紧的事情，是把书中的经验化为自身的经验。随时能够"化"，那才做到"开卷有益"的极致。

1946 年 6 月 16 日作

（原载《开明少年》第 12 期，署名翰先）